SPRING 野

更具体地生长

All This Wild Hope

对没有能力去爱的人来说，
不存在什么真正严重的事。

我永远需要寻找自我；
我尽力追赶自己……

François Mauriac
1885—1970

François Mauriac

弗朗索瓦·莫里亚克精选集 3

Thérèse Desqueyroux

苔蕾丝·德斯盖鲁

GUANGXI NORMAL UNIVERSITY PRESS
广西师范大学出版社
· 桂林 ·

[法国] 弗朗索瓦·莫里亚克　著

唐洋洋　译

图书在版编目（CIP）数据

苔蕾丝·德斯盖鲁 /（法）弗朗索瓦·莫里亚克著；
唐洋洋译. -- 桂林：广西师范大学出版社，2025.1
（2025.2重印）. --（弗朗索瓦·莫里亚克精选集）.
ISBN 978-7-5598-7498-6

Ⅰ. I565.45
中国国家版本馆CIP数据核字第2024NH1373号

TAILEISI DESIGAILU
苔蕾丝·德斯盖鲁

作　　者：（法）弗朗索瓦·莫里亚克
责任编辑：彭　琳
特约编辑：苏　骏　赵　晴
书籍设计：汐　和　at compus studio
内文制作：陆　靓

广西师范大学出版社出版发行

　广西桂林市五里店路9号　邮政编码：541004
　网址：www.bbtpress.com

出版人：黄轩庄
全国新华书店经销
发行热线：010-64284815
北京启航东方印刷有限公司印刷
开本：889mm×1260mm　1/64
印张：4.625　　　　　字数：115千
2025年1月第1版　　2025年2月第2次印刷
定价：42.00元

目录

苔蕾丝·德斯盖鲁

天主啊，发发慈悲，可怜可怜那些疯男疯女吧！噢，造物主！天主眼里是否也有怪物，只有天主知道他们为何存在，他们如何堕落至此，又本可以如何避免至此……

夏尔·波德莱尔

　　苔蕾丝，很多人会说你不存在。但我知道你存在，多年来，我窥探着你，时常拦住你的去路，摘下你的面具。

　　少年时代，我记得曾在令人窒息的重罪法庭大厅里瞥见你小脸苍白，嘴唇紧抿，你听凭律师摆布，而那些盛装的女士，比律师还要凶残。

　　之后，在乡下的客厅里，你出现在我面前，面容如同惊慌的少妇，年迈的女亲戚和天真的丈夫对你的照料令你厌烦。"她怎么了？"他们说，"我们对她可是有求必应啊。"

　　在那之后，多少次，我看着你的大手，放在你宽阔、美丽的额头上！多少次，透过家庭那活生生的栅栏，我看到你蹑手蹑脚，转来转去，如同一匹母狼；你凝视着我，眼神流露出忧伤与恶意。

很多人会惊讶于我怎么能想象出这样一个生灵，竟比我笔下其他任何人物都要可怕。对那些完美无缺、慷慨大度的人，我就没有什么话说吗？那些"慷慨大度"的人没有故事可讲；我知道的，是那些心灵被埋没、浑身沾满污泥之人的故事。

苔蕾丝，我希望痛苦可以把你引向上帝；长久以来，我希望你配得上圣洛库斯特[1]这个名字。可是，有些人虽然相信我们备受折磨的灵魂会在堕落后得到救赎，却会惊呼这是亵渎神明。

至少，在我把你丢下的这条路上，我希望你不是孤独的。

1　洛库斯特（Locuste）是古罗马女投毒者，曾为尼禄准备毒药，被处死后成为圣人。莫里亚克曾打算用这个名字作为本书的副书名，流露出他有拯救苔蕾丝之意。——若非特殊说明，本书注释均为译者注

—

律师打开一扇门。苔蕾丝·德斯盖鲁站在法院隐秘的走廊里，感觉浓雾拂面，深深吸了一口气。她害怕有人在等她，犹豫要不要出去。一个把衣领立起的男人从一棵法桐后走出来，她认出那是她父亲。律师喊道"撤销诉讼"，然后朝苔蕾丝转过身来：

"您可以出去了，外面没人。"

她沿着潮湿的台阶走下去。的确，小广场上似乎没什么人。父亲没有吻她，甚至没有看她一眼。他问了迪罗律师什么事情，对方压低声音回答，仿佛有人在监视他们。她勉强能听清他们的对话：

"明天我就会收到正式的撤销诉讼通知。"

"不会再有意外了吧？"

"不会的，俗话说：木已成舟。"

"我女婿做证之后，这一切似乎已成定局了。"

"已成定局……已成定局……这种事谁都说不好。"

"自从他亲口承认，说他从来不数加了几滴药水……"

"您知道，拉罗克，在这类案件中，受害人的证词……"

苔蕾丝的声音响起：

"没有受害人。"

"我是想说，因为自己不小心而受害的人，夫人。"

两个男人端详了年轻女人一会儿，她一动不动，紧紧裹着大衣，脸色苍白，面无表情。她问车在哪里；她父亲让人把车停在城外的布多路上等着，免得引起注意。

他们穿过广场，法桐的叶子粘在被雨水打湿的长椅上。幸运的是，近来白天变短了很多。而且，要到布多路，可以走小镇里最偏僻的那几条街。苔蕾丝走在两个男人中间，个头比他们都高。他们又交谈起来，仿佛她并不在场；可是，夹在中间的这个女人的身体让他俩不自在，他们便时常用胳膊肘撞她。于是她就稍稍落后一点，摘下左手的手套，去采路边旧石头上的苔藓。时不时有一位骑自行车的工人或一辆双轮马车超过她去，污泥飞溅，她不得不蜷缩起身子贴着墙根走。不过，暮色笼罩着苔蕾丝，没有人能认出她来。对她而言，面包坊和浓雾的气味已经不仅仅是小城夜晚的气息：她从中嗅到了终于失而复得的生活的芬芳。她闭上眼睛，呼吸着沉睡的、混着青草味的、湿润的泥土的气息；她尽量不去听那个矮个子罗圈腿男人的话；他也一次都没有回头看自己的女儿。她可能会倒在路边，但他和迪罗都不会注意到。他们肆无忌惮地抬高了嗓门。

"德斯盖鲁先生的证词的确精彩。但还有那张处方：总之那是伪造的……而提起诉讼的人是珀德迈医生……"

"他撤回了起诉……"

"不管怎么说，她那个解释：把处方交给她的是个陌生人……"

苔蕾丝放慢了脚步，不是因为她累了，而是不想再听到这几个星期以来让她头晕的那些话；但这没什么用，父亲的男高音让人无法忽视：

"我跟她说过很多次了：'可怜的孩子，再想想别的办法……再想想别的办法……'"

他确实跟她说过很多次，可以说是问心无愧了。但为什么还要激动呢？他所谓的家族名誉是保住了；到参议院选举的时候，这件事就没人记得了。苔蕾丝这么想着，尽量不去追上那两个男人；可是因为讨论过于激烈，他们在路中央停下来，指手画脚地谈着。

"相信我，拉罗克，您得反击，在周日的《传播者报》上主动进攻；您想把这件事交给我吗？得取个标题，比如'无耻谰言'……"

"不，老兄，不，不。而且，要怎么回应呢？

很显然，预审很草率，甚至没请笔迹鉴定专家；保持沉默，把事情压下去，只能这样了。要采取行动，就得付出沉重的代价；为了家族，得把这一切都遮掩过去……遮掩过去……"

苔蕾丝没有听到迪罗的回答，因为他们加快了脚步。她重新呼吸着雨夜的气息，仿佛一个遭受窒息威胁的人；突然，她脑海里浮现出朱莉·贝拉德陌生的面孔，那是她的外祖母——之所以陌生，是因为在拉罗克家和德斯盖鲁家都找不到一幅她的肖像画、一张银版照片或普通照片，对于这位女士，人们一无所知，只知道她在某一天离家出走了。苔蕾丝想象，自己也可能被这样抹去痕迹，消失不见。在那之后，她的女儿，她的小玛丽都无法在相册里找到给予自己生命的那个人的样子。此时，玛丽已经在阿热卢斯的一个房间里睡着了，今天晚上苔蕾丝会赶到那里；年轻的苔蕾丝会在黑暗中听到孩子睡梦中的呢喃；她会俯下身，用嘴唇去寻找那沉睡的生命，如同寻找水源。

在一条沟旁边，四轮马车的顶篷已经降下，车灯照亮了马儿精瘦的屁股。那边，马路两旁都是树林筑成的墙，阴森森的。两侧的斜坡上，最高的松树的尖顶交汇在一起，形成拱形，神秘的道路在下方延伸。透过头顶纵横交错的树枝，可以看到窄窄的一线天空。马车夫贪婪地盯着苔蕾丝。她问他，他们能否在尼藏火车站赶上最后一班车，他让她放心，不过最好也不要再耽搁了。

"这是我最后一次请您干这种苦差事了，加代尔。"

"夫人在这里的事都处理完了？"

她摇了摇头，男人还是贪婪地盯着她。难道这一生都要被这样凝视吗？

"好了，你满意吗？"

她父亲似乎终于意识到了她的存在。苔蕾丝迅速瞥了一眼那张苦脸，脸颊上长满了黄白色的硬毛，在灯光的照耀下格外明显。她低声说："我受了那么多苦……我累坏了……"然后她停了下来：说这些有什么用？他又不听；他连看都不看她。对他而言，苔蕾丝的感受有什么重要的呢？重要的只有一件事：他入选参议院的进程因为受到这个女儿的牵连而中止了。（这些女孩要么蠢，要么就是疯子。）幸运的是，她不再姓拉罗克了；她是德斯盖鲁家的人。不用上重罪法庭，他松了一口气。要怎么避免对手揭他的伤疤呢？他明天就去见省长。谢天谢地，他手里还有《保守荒原报》的主编：这不过是个小姑娘家家的故事……他抓起苔蕾丝的胳膊说：

"快上车，到点了。"

这时，律师也许出于恶意——但也许是因为，他不想在苔蕾丝走远之前一句话也不跟她说，便问她今天晚上是不是要回到贝尔纳·德斯盖鲁身边。她回答："当然，我丈夫在等我……"这是她离开法院后第一次意识到，再过几个小时，自己就要迈进丈夫的卧室了，而他依然病得很重。这之后还不知道有多少日日夜夜在等着她，她还得依靠这个男人。

自庭审开始之后，她一直住在位于这座小城

近郊的父亲家，或许她经常走的就是今晚的这条路；但那时她心里只想着一件事，那就是向丈夫准确地交代情况；在上车之前，她会记下迪罗的最后几句叮嘱，有关德斯盖鲁先生再次接受询问时应该如何回答。那时，苔蕾丝心里没有一丝忧虑，想到要回去面对那个生病的男人也没有一丝不快：那时，他们之间的问题不在于真正发生了什么，而在于哪些话该说，哪些话不该说。通过辩护，夫妻二人从未如此紧密地联结在一起；他们通过一具肉体建立了联结——也就是小女儿玛丽的身体。他们为法官专门编造了一个简单又极其连贯的故事，可以让这位逻辑学家满意。那时，苔蕾丝坐的也是今天晚上在等她的这辆马车；她曾多么急切地希望赶紧走完这段夜路，此刻却希望自己不要结束这段旅程！她还记得，那时她一坐上车，就渴望马上回到阿热卢斯的那个房间，在脑海里回想着要转达给贝尔纳·德斯盖鲁的信息。（他并不害怕承认这件事：一天晚上，她跟他说起，有个陌生人给她这张处方，求她代为买药，因为他欠了药店的钱，不敢露面……但迪罗并不赞成贝尔纳宣称记得自己曾指责妻子如此不小心……)

噩梦已经消散，今天晚上贝尔纳和苔蕾丝该谈些什么呢？她在脑海中看到了他在等她的那座偏僻的房子；她想象着那间铺了方砖的卧室中央放了一张床，桌子上堆满了报纸和药瓶，中间放着一盏矮矮的灯……看门的狗被马车吵醒，狂叫一阵，随后安静下来；庄严的寂静再次降临，就像她注视着贝尔纳被呕吐折磨得死去活来的那些夜晚一样。苔蕾丝试着想象他们过会儿要落在彼此身上的第一道目光；然后是接下来的夜晚，明天，又一个明天，一个星期，又一个星期，在阿热卢斯的这个房间里，他们将不必再为两人的戏剧性经历编造可以公开的版本。他们之间剩下的，将只有事实……只有事实……苔蕾丝一阵恐慌，转向律师，结结巴巴地说道（其实是在跟父亲说话）：

"我打算在德斯盖鲁先生身边待几天。之后，如果情况继续好转，我就回父亲家。"

"啊！不，不，不，我的女儿！"

加代尔在座位上有些不安；拉罗克先生压低声音，继续说道：

"你是不是彻底疯了？你要在这个时候离开丈夫吗？你们得像一只手上的两根手指一样……得像一只手上的两根手指一样，明白吗？一直到死……"

"你说得对，父亲。我刚才在想什么呢？那你会来阿热卢斯吗？"

"可是，苔蕾丝，我还是像往常一样，每个星期四在家里等你们来赶集。你们以前怎么来，现在还怎么来！"

真是不可思议，她居然不明白，哪怕稍稍打破一下惯例，都会让他们走上死路。她听明白了吗？他能指望苔蕾丝吗？她给这个家带来的麻烦够多了……

"你丈夫让你怎么做，你就怎么做。我已经说得够清楚了。"

他把她推进马车。

苔蕾丝看到律师朝自己伸出手，指甲又黑又硬。他说："只要结局好，一切都好。"这句话是发自肺腑的，因为如果官司继续打下去，他就得不到什么好处了；他们家会向波尔多的佩尔卡夫律师求助。是的，一切都好……

二

旧马车发霉的皮革味，苔蕾丝倒是挺喜欢的……她安慰自己忘了带香烟也好，她讨厌在黑暗中抽烟。车灯照亮了斜坡、路边的蕨木，以及大松树的树根。一堆堆石头搅乱了马车的影子。时不时有一辆大车经过，骡子会自动靠右走，熟睡的骡夫却一动不动。苔蕾丝觉得自己永远也到不了阿热卢斯了，她也希望永远到不了；要再坐一小时马车才能到尼藏火车站，接着坐那班每站都停、没完没了的小火车。哪怕是从她下车的圣克莱尔站再到阿热卢斯，也还有十公里，得坐马车（这段路夜里没有汽车敢走）。命运在任何时候都能出其不意，让她解脱；苔蕾丝任由自己沉浸在想象中，期待着一场地震；宣判的前一天，她怕起诉成立，这种想法也曾挥之不去。她摘下帽子，把摇来晃去的苍白的小脸靠在发出霉味的皮革上，任由身体随马车颠簸。今晚之前，她一直觉得有人在追捕自己；现在她得救了，才意识到自己真是筋疲力尽。凹陷的脸颊、颧骨、干瘪的嘴唇，还有宽阔、美丽的额头，组合成了这张犯人的脸——没错，虽然她被判无罪，但也被判堕入永恒的孤独。就在不久前，世人还觉得她的魅力不可抵挡，而这种魅力许多人都有——如果那些人不尽力掩饰，他们的面庞就会流露出隐秘的痛苦，内心的伤口会袭来阵阵疼痛。在那条穿过茂密松林的路上，在那辆颠簸的马车的最里面，卸下面具的年轻女人用右手轻轻抚摸着自己灼痛的右脸。贝尔纳做伪证救了她，他一上来会问她什么问题呢？或许今晚他不会提问……但明天呢？苔蕾丝闭上眼睛又睁开，随着马儿的脚步努力辨认眼前的坡道。啊！什么也不要展望。事情可能会比她想的更简单。什么也不要预测。睡觉……她怎么不在马车里了？她看到了绿桌布后面的那个男人，是预审法官……又是他……他可是很清楚，这件事已经了结了。他晃着脑袋：撤销诉讼的命令无法下达，出现了一个新的证据。新的证据？苔蕾丝转过头，不让敌人看到她惊慌的脸。"再好好想想，夫人。在那件旧斗篷——就是您只有十月去猎野鸽的时候才会穿的那件——您没在内袋里落下什么东西吧？也没藏什么吧？"她无法反驳，感觉喘不过气来。法官死死盯着他的猎物，同时把一个用红蜡封好的小包放在桌上。信封上写的处方，苔蕾丝能背下来，男人语气专断地辨读着：

三氯甲烷：30 克

乌头碱药丸：20 号

洋地黄溶液：20 克

法官大笑起来……车闸摩擦着车轮，吱嘎作响。苔蕾丝醒了过来；她鼓胀的胸腔里充满薄雾（这里应该是白溪的下坡）。少女时代，她也梦到

过因为犯了一个错，不得不重新参加小学毕业考
试。这天晚上，她跟那天醒来时一样轻松，但又
隐隐担心，因为还没有正式宣布撤销诉讼："但你
很清楚，得先通知律师……"

　　自由……还能再指望什么呢？在贝尔纳身边
继续生活下去，这对她来说就像一场游戏。从内
心深处把自己交给他，不留一丝阴霾，这才是救
赎。但愿被隐藏的一切都能重见天日，就从今晚
开始。这个决定让苔蕾丝心里充满了喜悦。在到
达阿热卢斯之前，她还有时间"为忏悔做准备"，
这是以前幸福地度假时，她虔诚的好友安娜·德
拉特拉夫每个星期六都会对她说的话。安娜小妹
妹，亲爱的无辜之人，你在这个故事里扮演着什
么角色！那些纯洁的人不知道他们日日夜夜都参
与了什么事，也不知道自己童稚的脚步下萌生了
怎样恶毒的种子。

　　这个小女孩，曾经反复对中学时代爱争辩、
爱嘲笑人的苔蕾丝说："你无法想象在忏悔并得到

宽恕后，会是多么大的解脱——只有清扫干净，才能重新开始生活。"她说得对。苔蕾丝下定决心和盘托出，她已经感到了甜美的解脱："贝尔纳会知道一切的，我会告诉他……"

她要对他说什么呢？从哪里开始承认呢？欲望、决心、无法预料的行动纵横交错，语言可以表达清楚这一切吗？那些了解自己罪行的人，他们会怎么做呢？"我不了解自己的罪行。别人指控我犯的罪，我根本没想犯。我不知道我想要什么。我从来不知道自己体内和体外这股狂暴的力量指向何方：我不知道它会摧毁在路上遇到的一切，连我自己都吓坏了……"

一盏冒烟的油灯照亮了尼藏火车站的粗泥墙和一辆停下来的马车。（四周黑得真快！）一列停在站台的火车发出牛羊般凄惨的叫声。加代尔接过苔蕾丝的包，又一次盯着她看。他的妻子一定嘱咐过他："你要好好观察她的举止，看看她的脸色如何。"他是拉罗克的车夫，在他面前，苔蕾丝本能地露出一种微笑，人们见了都会说："你不会去想她是美还是丑，只会觉得她有魅力。"她请他去窗口买票，因为她不敢穿过候车室，那里坐着两个农妇，膝盖上放着篮子，正摇头晃脑地织毛衣。

他把票买了回来，她让他自己收着零钱。他摸了摸鸭舌帽，收起缰绳，接着最后一次回头端详主人的女儿。

车厢还没有挂好。以前，在放长假或者返校的时候，苔蕾丝·拉罗克和安娜·德拉特拉夫都喜欢在尼藏火车站停留。她们会在小旅馆里吃火腿煎蛋，然后搂着对方的腰，走在这条今晚如此漆黑的路上；而在那么多逝去的岁月里，苔蕾丝总觉得这条路是洒满白月光的。那时，她看到她们修长的影子重叠在一起，就会笑起来。或许她们会谈到各自的老师和同学，一个为自己的修道院说话，另一个为自己的中学说话。"安娜……"苔蕾丝在黑暗中大声喊着这个名字。她先跟贝尔纳谈谈安娜吧。贝尔纳这个人可谓一丝不苟，他

会把所有的感情都归类，将它们分开处理，却忘
了它们之间有着千丝万缕的联系和过渡。要怎么
带他走进苔蕾丝生活和受苦的这片模糊地带？必
须这么做。过一会儿，当她走进卧室时，唯一能
做的就是坐在床边，一步一步引导贝尔纳，直到
他打断苔蕾丝："现在我明白了，起来吧，我原谅
你了。"

她摸索着穿过车站站长的花园，闻到了菊花
的气味，但没有看到花。一等车厢里没有人，昏
暗的灯光也不足以照亮她的面孔。书是读不了了，
然而跟苔蕾丝可怕的生活相比，什么故事不会显
得平淡无奇呢？她可能会死于羞耻、焦虑、悔恨
或者疲劳，但不会死于无聊。

她蜷缩在角落，闭上眼睛。像她这样聪明的
女人，竟然无法把这场悲剧解释清楚，这是真的
吗？是的，她的忏悔结束后，贝尔纳会把她扶起
来："放心去吧，苔蕾丝，别再担心了。在阿热卢
斯的这座房子里，我们要一起等待死亡降临，过
去的事永远无法将我们分开。我渴了。下楼去厨

房给我倒一杯橘子水。哪怕是浑浊的，我也会一口气喝完。就算它让我想起以前我早上喝的巧克力的味道，那又如何呢？亲爱的，你记得我以前呕吐得有多厉害吗？你可爱的手扶着我的脑袋，你一直盯着那些绿色的液体，我昏倒过去也不会吓到你。可是那天夜里，我发现我的腿动不了，失去了知觉，你吓得脸色苍白。我在发抖，你还记得吗？那个愚蠢的珀德迈医生看到我的体温那么低，脉搏忽强忽弱，都吓呆了……"

"啊！"苔蕾丝想，"他不会明白的。一切都得从头讲起……"但我们的行动是从哪里开始的呢？我们想把彼此的命运分开，可它们却像这些植物，不可能连根拔起。苔蕾丝要追溯到童年时代吗？可童年分明是结束，是尽头。

苔蕾丝的童年：在最肮脏的河流的源头上，白雪飘飘。中学时代，她过着超脱的生活，面对那些令同伴们心碎的悲惨琐事，她似乎无动于衷。老师们经常拿苔蕾丝·拉罗克作为范例："除了让自己成为一个超脱于众人的人，苔蕾丝不需要其他奖励。她的良知就是她唯一的光，有了它就足够了。身处精英之列的骄傲给予她的支撑，超出了对惩罚的恐惧……"她的一位老师曾这么说。

苔蕾丝扪心自问："我当时那么幸福吗？我当时那么天真吗？在我的回忆里，结婚前的一切都显得那么纯洁；或许这就与婚姻污秽的一面形成了鲜明的对比。我为人妻为人母之前的中学生活，现在看来如同天堂一般。那时候我并没有意识到这一点。我怎么会知道，在人生开始之前的那些年里，我过的才是真正的生活？我当时那么纯洁，如同一个天使，没错！一个激情澎湃的天使！虽然我的老师那么说，但我在受苦，我也让别人痛苦。我从我造成的痛苦中获得快乐，也从朋友们给我造成的痛苦中获得快乐；这是纯粹的痛苦，没有任何悔恨可以改变：痛苦和喜悦都源于最纯粹的欢愉。"

苔蕾丝想要获得的奖励，就是在炽热的季节，在阿热卢斯的橡树下再次见到安娜时，不会觉得自己配不上她。她要能够对这个在圣心教堂长大的孩子说："即便没有那些绶带和陈词滥调，我也能变得跟你一样纯洁……"何况安娜·德拉特拉夫的纯洁主要源于无知。圣心教堂的修女们用层层叠叠的面纱，把这些小姑娘与现实隔绝开来。苔蕾丝鄙视她们将美德和无知混为一谈："你啊，亲爱的，你不了解生活……"在阿热卢斯度过的那些遥远的夏日里，苔蕾丝经常这样说。那些美丽的夏日……在终于出发的小火车里，苔蕾丝向自己承认，如果她想看清一切是怎样发生的，就得去回想那些夏日。这真是一个不可思议的事实：在我们生命中那些纯洁的黎明，更猛烈的暴风雨已经在酝酿。上午的天空过于湛蓝，对下午和晚上的天气来说是个坏兆头。这预示着花坛被踩躏，树枝断裂，污泥遍布。苔蕾丝没有深思熟虑过，在人生中的任何时刻也从未预先谋划什么；没有遇到过什么突然的转折，她只是沿着不易察觉的斜坡往下滑，起初缓慢，而后越来越快。今晚这个失魂落魄的女人，正是阿热卢斯的夏日里那个光彩照人的年轻女孩，而现在，她又要在夜幕的掩护之下悄悄回到那里。

　　真累啊！事情已经过去了，再去探索什么隐秘的动机，又有什么用呢？透过车窗，年轻女人什么也辨认不出来，只能看到自己死气沉沉的面孔。小火车的节奏被打乱了，列车发出悠长的鸣笛声，小心翼翼地靠近火车站。一只手臂举起了一盏摇曳的提灯，有人在用方言大声呼喊，从车上下来的小猪尖叫着：已经到于泽斯特了。还有一站就到圣克莱尔了，她要在那里坐马车，走完回阿热卢斯的最后一段路。要准备为自己辩护，苔蕾丝剩下的时间已经不多了！

三

阿热卢斯的确是位于这片土地的尽头；过了那里就无法再往前了，人们把它称作一个区：这里没有教堂，也没有墓地，只有几个农场分散在一片黑麦田周围，距离圣克莱尔集镇十公里，只有一条坑坑洼洼的公路与之相连。过了阿热卢斯，这条满是车辙和窟窿的路就会变成沙石小径；与大西洋之间只隔着八十公里的沼泽、潟湖、纤细的松树和一片片荒野，到了冬末，荒野上的羊群也变得灰扑扑的。圣克莱尔最有名的家族就诞生在这个荒凉的区域。这里的居民从祖父那一代起就在圣克莱尔定居。到了上世纪中叶，除了放牧所得的微薄收入，人们又有了树脂和木材的收益，他们在阿热卢斯的住宅就变成了租佃农场。屋檐雕花的大梁，偶尔得见大理石烟囱，见证着昔日的气派。房屋每年都在逐渐陷落，房顶宽大的一面支撑不住，屋檐几乎要触到地面。

不过，在这些老房子中，有两幢还是房主在住。拉罗克家和德斯盖鲁家在阿热卢斯的住宅，依然保留着他们从祖上继承过来时的样子。热罗姆·拉罗克是 B 市市长，也是市议员，他的主要住宅位于专区附近，阿热卢斯的这处家产是妻子留给她的，他不希望有任何改动（他妻子在产后去世了，当时苔蕾丝还在摇篮里）；女儿喜欢在这里度假，对此他毫不惊讶。一到七月，苔蕾丝就搬到这里，父亲的大姐，也就是克拉拉姑姑负责照顾她。这个耳聋的老姑娘也喜欢这份孤寂，据她所说，因为在这里她看不见其他人的嘴唇翕动，她知道在这个地方能听到的只有松林中的风声。拉罗克先生很开心，因为阿热卢斯帮他摆脱了女儿，并且让她得以靠近贝尔纳·德斯盖鲁。虽然没有正式的约定，但按照这两家人的心愿，日后她要嫁给此人。

贝尔纳·德斯盖鲁从父亲那里继承了一栋位于阿热卢斯的房子，紧邻拉罗克家；在狩猎季开始之前，人们从未在那里看到过他，只有到了十月，他去附近猎野鸽时才会在那里过夜。冬天，这个沉稳的小伙子在巴黎学习法律；夏天，他很少待在家里，因为无法忍受维克托·德拉特拉夫，他母亲成为寡妇之后改嫁给了这个昔日的穷光蛋，现在他挥金如土，一度成为圣克莱尔地区的笑柄。他同母异父的妹妹安娜年纪太小，不太会引起他的注意。他会更多地想到苔蕾丝吗？当地所有人都觉得他们会结婚，因为两家的财产似乎是注定要合并的，在这一点上，这个理智的小伙子赞同大家的意见。不过，他从来不冒冒失失的，并且因为把一切安排得井井有条而骄傲。"一个人的不幸，从来都是咎由自取……"这个胖乎乎的小伙子经常这么说。在结婚之前，他合理安排工作和娱乐，如果说他喜爱美食、美酒，更是喜欢打猎，那么用他母亲的话来说，他工作起来也孜孜不倦。他认为丈夫应该比妻子更博学，而苔蕾丝的聪明才智早已名声在外，或许她的头脑还很精明……
但贝尔纳知道女人会在什么样的道理前让步；他
母亲还反复对他说，"脚踩两只船"也不是什么坏
事，老拉罗克将来会帮助他的。到了二十六岁，
经过几次在意大利、西班牙、荷兰"充分提前准
备"的旅行之后，贝尔纳·德斯盖鲁打算与这片
荒原上最富有、最聪明的女孩结婚，她或许不是
最美的，但"你不会去想她是美还是丑，只会觉
得她有魅力"。

　　想到自己在脑海中勾画出来的贝尔纳的诙谐
形象，苔蕾丝微微一笑："说真的，他比我能嫁的
大部分男人都有教养。"在这片荒原上，女人要
胜出男人很多；男人自中学时代起就只和其他男
人生活在一起，不再往优雅的方向发展；荒原留
住了他们的心；在精神上，他们从未离开过那里。
对他们来说，只有荒原才能带来真正的快乐；如
果变得不再像他们的佃农，放弃方言和粗鲁、野
蛮的习惯，那就是背叛了荒原，与它渐行渐远。
在贝尔纳坚硬的外壳下，是否存在某种善意？在

他距离死亡只有一步之遥时，佃农们说："他去世之后，这里就不再有绅士了。"是的，他心怀善意，也有严谨的思维和足够的真诚；他从来不谈自己不了解的东西；他接受自己的局限。这位粗野的希波吕托斯[1]在少年时代一点都不丑，比起年轻的女孩子，他对在荒原上追逐野兔更感兴趣……

苔蕾丝低垂着眼睛，头靠在车窗上，陷入回忆。昔日里那些上午，在从圣克莱尔通往阿热卢斯的路上，她看到一个骑自行车的人，那人却不是贝尔纳；当时将近九点钟，还没有到最热的时候；不是她那冷漠的未婚夫，而是他的小妹妹安娜。她的脸像火焰一般燃烧着——蝉已经在松林间躁动不安，苍穹之下，荒野上的这座大火炉开始轰鸣。几百万只苍蝇从高高的草丛里飞出。"进客厅前先穿上大衣，这里冷得像冰窖……"克拉

---

1 希波吕托斯（Hippolytus），希腊神话人物，忒修斯之子，喜爱打猎，钟情于狩猎女神阿耳忒弥斯，后因激怒爱神阿佛洛狄忒被报复致死。

拉姑姑又补充道："小宝贝，等你出出汗再喝东西吧……"安娜徒劳地对这个耳聋的人喊出一些欢迎的话。"别喊，亲爱的，她看着你嘴唇的动作，就什么都明白了……"可年轻的女孩依旧把每个词说得清清楚楚，小嘴都歪了，但也没用，姑姑只是胡乱回答一气，最后，两个好朋友只好跑到一边放声大笑。

在昏暗的车厢深处，苔蕾丝回望着生命里那些单纯的日子——单纯，但又被脆弱而朦胧的幸福照亮；当时的她还不知道，这模模糊糊的喜悦的亮光，将是她在这世间仅有的一份幸福。没有任何事物提醒她，她全部的幸福就存在于酷暑中昏暗的客厅里，在那张红色棱纹平布沙发上，在膝盖上捧着一本相册的安娜的身旁。这份幸福来自何处？苔蕾丝喜欢的东西里，有一样是安娜也喜欢的吗？安娜厌恶阅读，只喜欢缝纫、聊天和大笑。她还不谙世事，而苔蕾丝已经如饥似渴地读着存放在这座乡间房屋壁橱里的一切，比如保

罗·德科克[1]的小说，还有《月曜日丛谈》[2]和《执
政府的历史》[3]。她们没有任何共同爱好，除了一
件事：当火一般燃烧的天空把人们困在屋子里时，
她们会一起待在昏暗的家中度过午后时光。安娜
有时会起身去看热气有没有消退。然而，百叶窗
刚刚打开一点，光线就像熔化的金属一般涌进来，
仿佛要把席子烧毁，于是她们又得把窗户全部关
起来，蜷缩在室内。

　　哪怕到了黄昏时分，太阳只能把松树底部照
得红彤彤的，最后一只蝉在靠近地面的草丛深处
奋力嘶鸣，橡树下依然热气凝滞。两位朋友躺在
农田边，就像坐在湖边一样。雷雨前的乌云构成
了一幅幅流动的风景，呈现在她们面前：安娜发
现天上有个长着翅膀的女人，苔蕾丝还没来得及

1　保罗·德科克（Paul de Kock，1793—1871），法国作家，作品多
　　描写巴黎中产阶级生活。

2　《月曜日丛谈》（*Causeries du lundi*），法国著名文学评论家圣伯
　　夫（Sainte-Beuve，1804—1869）的评论文集。

3　完整书名为《执政府与帝国的历史》（*Histoire du Consulat et
　　de l'Empire*），法国政治家阿道夫·梯也尔（Adolphe Thiers，
　　1797—1877）的史学著作。

看清楚，就又不见了，年轻女孩说它变成了一头躺着的怪兽。

到了九月，她们可以在吃过下午茶后外出，深入这片焦渴的土地；阿热卢斯没有一条溪流，得在沙地上走很久，才能到达那条叫于尔的小溪的源头。无数泉水在桤木树根之间随意流动，在狭长的草场上形成了洼地。两个年轻女孩把光着的脚伸进冰冷的水中，凉到失去了知觉，但脚刚刚变干，就又滚烫起来。她们来到一间给十月份猎野鸽的人用的小屋子，就像以前去那间昏暗的客厅那样走了进去。她们之间没有什么话要说，静默无言；在这些纯洁而漫长的歇脚过程中，时间一点点流逝；两个少女丝毫没有要动一动的念头，就像猎人在鸟儿飞近时一动不动，做出噤声的手势一样。她们仿佛觉得，只要一个轻微的动作，就会让她们无形而纯洁的幸福悄悄溜走。安娜先伸展了一下身体，迫不及待地想要捕杀暮色中的云雀；苔蕾丝厌恶这种游戏，但还是跟了上去，她在安娜身边永远也待不腻。安娜走进前厅，取下那支无后坐力的 24 毫米口径猎枪。她的朋友还待在斜坡上，看着她站在黑麦地中央，瞄准太阳，仿佛要把它打下来。苔蕾丝捂住耳朵，蔚蓝的空中传来一声戛然而止的迷醉的叫声，女猎人捡起受伤的鸟儿，小心翼翼地握在手中，还用嘴唇轻抚它依然温热的羽毛，直到它窒息而死。

"你明天还来吗？"

"噢！不来了；不能每天都来。"

她不希望每天见面；这句话合情合理，没什么好反驳的，而且在苔蕾丝看来，任何异议都显得无法理解。安娜明天不想来了，或许没有什么事耽搁，但为什么要每天都见面？她说，时间久了她们会"互相厌倦"，苔蕾丝答道："是的……是的……千万别把来这里当成义务，等你想来的时候再来……没有更有趣的事要做的时候再来。"少女骑着自行车消失在暮色笼罩的路上，铃铛叮当作响。

苔蕾丝往家的方向走，佃农们远远地跟她打招呼，孩子们没有靠近她。这时，羊群在橡树下四散开来，突然之间又聚到一起奔跑，而牧羊人在大声叫喊着。她姑姑站在门口等她，像所有耳聋的人一样，不停地说话，这样苔蕾丝就不会跟她说话了。为什么这样忧虑？她不想读书，什么也不想干，又到处闲逛起来。姑姑说："别走远了，要吃饭了。"她回到路边，目光所及之处，一个人影也没有。厨房门口的钟叮当作响。今天晚上或许得点灯了。这个惊慌的少女此刻感受到的寂静如此深沉，并不亚于她那坐着不动、双手交叉放在桌布上的聋姑姑感受到的。

贝尔纳啊贝尔纳，你属于那种闭上眼睛不看的人，属于那种心思单纯、不可改变的人，要如何带你走进这个混乱的世界呢？"可是，"苔蕾丝心想，"我一开口，他就会打断我：'你为什么要嫁给我……我并没有追求你……'"她为什么要嫁给他呢？他确实没有表现出丝毫的急迫。苔蕾丝想起，贝尔纳的母亲，也就是维克托·德拉特拉夫夫人曾经逢人就念叨："他本可以再等等的，但是她想嫁给他，她想嫁给他，她想嫁给他。很可惜，她不像我们一样守原则。比如，她抽烟抽得很凶，很有自己的一套派头。不过她天性正直，坦坦荡荡。用了不多长时间，我们就能让她的思想回到正轨。当然，这场婚事也不是哪哪儿都称心。是的……她的外祖母贝拉德……我很清楚……但大家已经忘了这件事了，不是吗？事情掩饰得很巧妙，甚至都很难说发生过什么丑闻。你们相信遗传吗？她父亲不信教，这事不假，但对她来说，他是个好榜样：这是个不信教的圣人。而且他人脉很广，对我们来说什么人都很有用。总之，有些事就得忽略不计。而且，不管你们信不信，她比我们有钱得多。很不可思议，但事实就是如此。而且，她爱慕贝尔纳，这也不是什么坏事。"

没错，她曾对他满怀爱慕，这也花不了什么力气。在阿热卢斯的客厅里，或是在田边的橡树下，她只需抬头看看他就够了，她懂得如何在眼睛里填满单纯的爱意。近在脚下的猎物让小伙子心满意足，但没有让他感到惊讶。"不要跟她闹着玩，"他母亲反复叮嘱他，"她会折磨自己的。"

"我嫁给他是因为……"苔蕾丝皱着眉头，一只手捂住眼睛，努力回忆着。结了婚，她就成了安娜的嫂子，这种喜悦显得孩子气。可觉得这件事好玩的人是安娜，对苔蕾丝来说，这层关系并不重要。不过说真的，为什么要感到脸红呢？面对贝尔纳的两千公顷土地，她并不是无动于衷的。"她血液里流淌着财产意识。"在那些漫长的晚餐后，人们撤下餐具，端上酒，苔蕾丝经常留下来跟男人们坐在一起，全神贯注地听他们谈论佃农、矿井支柱、树脂和松节油。她对财产估价充满热情。毫无疑问，这片广袤森林的管理权深深吸引了她。"而且，他也一样，他也爱着我的松树……"不过，苔蕾丝或许受到了一种更加隐秘的情感的影响，她正试图把它挖掘出来：或许她在婚姻中追求的不是支配和占有，而是一种庇护。难道不是一种恐慌驱使她匆忙地进入了婚姻吗？她是个务实的小姑娘，孩童时代就爱照料家务，想要迫不及待地在社会中占据自己应有的位置，找到归宿；她想要躲避自己也说不清的危险。在订婚期间，她表现出了前所未有的理智：她把自己镶嵌在了家庭体系中，"她安顿下来"，她走进了某种秩序。她得救了。

在订婚的那个春天，他们也走过从阿热卢斯到维尔梅雅的这条沙石小路。橡树的枯叶弄脏了蔚蓝的天空，地上散落着干枯的蕨类植物，翠绿的新芽破土而出。贝尔纳说："小心你的烟头，可能会点着火，荒原上已经很干了。"她问："蕨类植物里真的含有氢氰酸吗？"贝尔纳不知道蕨类植物里的氢氰酸含量是否能让人中毒。他温柔地问她："你想死吗？"她笑了。他说希望她变得更单纯一些。苔蕾丝记得自己闭上了眼睛，他的两只大手紧紧抱住她的小脑袋，一个声音在她耳边说："这里面装了一些错误的观点。"她回答："要靠你去消灭它们了，贝尔纳。"他们注意到泥瓦匠正在干活，在维尔梅雅的农舍里新盖了一间房。农舍的主人来自波尔多，他们想让他们的最后一个儿子搬到这里住，他"即将死于肺结核"。他姐姐也是因为这个病死的。这家人姓阿泽维多，贝尔纳很看不起他们："他们对天发誓说自己祖上不是犹太人……可是看看他们的样子就知道了。患上肺结核不说，还有一大堆别的毛病……"苔蕾丝很平静。安娜会从圣塞巴斯蒂安的修道院回来参加婚礼。她还要跟小德吉扬一起募捐。她让苔蕾丝"在回信里"描述一下其他伴娘的礼服：她能不能收到这些裙子的样品？所有人都想选择合适的色调……苔蕾丝感到前所未有的平静——她认为的平静实际上只是一种昏睡状态，她胸中的毒蛇还在麻木之中。

四

婚礼当天天气闷热，在圣克莱尔狭小的教堂里，太太们喋喋不休的嗓音盖过了声嘶力竭的管风琴声，她们的体味也盖过了熏香的气味。就在这一天，苔蕾丝感觉迷失了方向。她如梦游一般走进一座牢笼，随着沉甸甸的门砰的一声关上，这个悲惨的孩子猛然惊醒。什么都没有变，可她觉得从今往后再也无法独自迷失了。在密不透风的家里，她要酝酿，如同一把暗处的火在灌木丛下面蔓延，点燃一棵松树，接着再点燃一棵，渐渐形成一大片火把的海洋。在人群中，她的目光没有落在任何一张面孔上，除了安娜的面孔；但安娜孩童般的快乐把她与苔蕾丝隔绝开来，那是属于她的快乐！仿佛她不知道她们当天晚上就会分离，不仅仅是在空间上分离，还因为苔蕾丝将要遭受痛苦，她清白无瑕的身体即将遭受无法补救的苦难。安娜依然在岸边，与完整无缺的人一同等待着；而苔蕾丝即将隐没在那些已经服侍过人的女人之中。她想起在圣器室里，当她俯身去亲吻那张朝自己凑过来的带笑的小脸时，突然感到一片虚无，而这片虚无四周环绕着她所创造的，由模糊的痛苦和模糊的快乐构成的世界。在短短几秒钟里，她发现自己心中暗藏的力量，与这张涂了脂粉、讨人喜欢的面孔实在不相称。

那天之后的很长一段时间里，圣克莱尔和 B 市的人在谈到这场堪与加马什[1]的婚礼相比的盛事时（那天有一百多个佃农和仆人在橡树下饕餮），总会提起新娘，说她"或许并不是常见的那种美人，但很有魅力"，而那一天，新娘却是谁见了都觉得丑，甚至丑得可怕。"她都不像她自己了，像变了一个人……"人们看到她跟平日里的样子不

1　加马什（Gamache），《堂吉诃德》中一个有钱的农民，其婚礼场面奢华铺张，堂吉诃德在桑丘的陪伴下参加了这场婚礼。

一样；他们将这归咎于婚纱太白，天气又太热，他们不知道那是她真实的面容。

在这场半农民半资产阶级的婚礼当晚，衣裙飘飘的姑娘们迫使婚车放慢了速度，朝这对新人喝彩。在撒满刺槐花瓣的路上，他们赶超了由奇怪的醉鬼驾着曲折前行的马车。苔蕾丝回忆起那晚，低语道："太可怕了……"接着又说："不……也没那么可怕……"在意大利湖区度假的时候，她承受了很多痛苦吗？不，不；她沉浸在这场游戏里：别露出马脚。未婚夫是很容易受骗的，但是丈夫呢？不管是谁都能说一通谎话，但用身体撒谎就是另一门学问了。伪装出欲望、快乐和甜蜜的疲惫，这种天赋不是谁都有的。苔蕾丝知道如何委屈自己的身体做出这些伪装，从中感受到一种苦涩的快乐。在男人强迫她走进的这个陌生的感官世界里，她借助想象力，设想着那里可能也有某种幸福是留给她的——但那会是什么样的幸福呢？面对雨中的风景，我们试着想象它在晴天的样子，苔蕾丝就是这样发现了感官之乐。

　　贝尔纳这个眼神空洞的小伙子，总是担心看到的画作编号跟贝德克尔 [1] 旅行指南里的不一致，会因为在尽可能短的时间里看见了想到的东西而心满意足，真是个容易上当的人！他沉浸在欢愉之中，就像人们透过栅栏看到的那些可爱的小猪崽子，在食槽里快乐地嗅来嗅去（"我就是那个食槽。"苔蕾丝想）。他像小猪一样急切、忙碌、严肃；他有条不紊。"你真觉得这是明智的做法吗？" 有时苔蕾丝会目瞪口呆地提问。他大笑着让她放心。他是从哪里学来的呢？把跟肉体有关的知识分门别类，把正派人的爱抚与施虐狂的爱抚区分开来。在这一点上，他从未犹豫过。回程的路上，有天晚上他们在巴黎停留，贝尔纳径直从一家音乐厅离开，那里的演出令他震惊不已。"竟然让外国人看这个！真是丢人现眼！人家会抓住这一点来评判我们……"苔蕾丝佩服不已，不到一个小时之后，这个此刻拘谨的男人就将在黑

1　卡尔·贝德克尔（Karl Baedeker，1801—1859），德国出版商、作家，创立了贝德克尔出版社，以出版欧洲各国旅游指南而著称。

暗中耐着性子搞他那一套花招，让她叫苦不迭。

"可怜的贝尔纳——他也不比别人更坏！可是欲望把这个靠近我们的人变成了一个怪物，变得不再像他自己。把我们与我们的伴侣分开的，莫过于他的癫狂；而我，我会装死，仿佛这个疯子，这个癫痫病患者只要稍微动一下，就能把我掐死。他经常在快乐的顶峰突然觉得孤独，沉闷而猛烈的活动也就戛然而止。贝尔纳回过神来，发现我仿佛被丢在了沙滩上，牙关紧咬，浑身冰凉。"

安娜只写过一封信，这孩子不喜欢写信，但神奇的是，信里没有一句话是苔蕾丝不喜欢的。信里表达的往往不是真情实感，而是一些为了让人读了开心而应该怀有的感情。安娜抱怨说，自从阿泽维多家的儿子来了以后，她就再也没敢去维尔梅雅附近。她远远地看到了他的长椅，就放在蕨木丛中；肺结核病人让她害怕。

苔蕾丝经常反复读这几页纸，并不期待收到

更多的信。所以到了送信的时刻（就是在音乐厅没看完演出的第二天），她惊讶地发现，三个信封上都是安娜·德拉特拉夫的字迹。这摞信上有好几个"留局自取"的标记，历经几家邮局才寄到巴黎，送到了他们手中，因为他们取消了原定行程中的好几站，用贝尔纳的话说，他们"急于回巢"——但真正的原因是他们无法再忍受彼此了。他离开了他的猎枪、狗和那家皮康石榴酒的味道独一无二的小旅馆，他无聊得要死；而这个女人又这么冷淡，这么爱嘲笑人，从来不流露出一丝欢愉，也不喜欢谈论有趣的东西！……苔蕾丝渴望回到圣克莱尔，她就像一个被流放的犯人，厌倦了临时牢房，急于了解自己即将了此残生的那座小岛。苔蕾丝小心地辨认出三个信封上分别印着的日期；她拆开最早的那一封，这时贝尔纳发出一声惊叹，喊了几个词，她没听懂是什么意思，因为窗户开着，公共汽车会在这个十字路口减速。他胡子刮到一半就停下来，读起了母亲的信。苔蕾丝又看到了他的网眼背心，他赤裸的、肌肉发达的手臂，他苍白的皮肤，还有他突然变红的脖子和脸。七月的这个上午，天气已经热得可怕，阳台对面，冒着烟一般的阳光让死气沉沉的墙面显得更脏了。他走近苔蕾丝，喊道："太过分了！哎呀！你的朋友安娜，她太过分了！谁会想到我的妹妹……"

苔蕾丝用困惑的目光看着他。

"她迷上了阿泽维多家的儿子，你能相信吗？是的，没错，就是那个得了肺结核的家伙，维尔梅雅的房子就是为他扩建的……是的，看起来确有其事……她说要一直等到自己成年……妈妈写信来说她完全疯了。但愿德吉扬一家不知道！小德吉扬可能就不求婚了。你收到她的信了吗？总之，我们会知道的……拆开看看啊。"

"我想按顺序读。而且，我也不会给你看。"

他知道她就是这样，她会把一切都弄得很复杂。不过最重要的是让她劝劝小姑娘，让她恢复理智。

"我父母都指望你了，她全听你的……是的，是的！……他们把你当救星，在等你回去。"

她穿衣服的时候，他出去发了一封电报，买了两张南方快车的车票。她可以开始收拾行李了。

"你要等到什么时候才会读那孩子的信？"

"等你不在这儿的时候。"

在他关上门后的很长一段时间里，苔蕾丝一直躺在床上抽烟，盯着对面阳台上那几个黑乎乎的金色大字，然后拆开了第一封信。不，不，这不是那个亲爱的小傻瓜，那个思维狭隘的小修女不可能写出如此滚烫的话语。从那颗干枯的心里不可能迸发出最美的赞歌——她的心是干枯的，苔蕾丝或许知道这一点！如此冗长而幸福的哀怨只能来自中了魔的女性，来自一具第一次接触异性便飘飘欲仙的身体：

……遇到他时，我不敢相信那就是他：他跟狗一起跑，玩闹着，叫喊着。我该如何相信这是个重病病人……但他没有发病，只是因为家族里的厄运才采取了预防措施。他甚至不算纤弱，只是瘦而已；他习惯了被宠爱，被溺爱……你要认不出我来了。天气一凉下来，我就去给他拿披风……

如果这时贝尔纳回到房间，他会发现坐在床上的这个女人不是他的妻子，而是一个他不认识的人，一个陌生且没有名字的人。她丢下烟，撕开了第二封信：

……不管要等多久，我都会等；我不怕任何阻碍；我甚至没有感觉到我的爱情受到了阻碍。他们把我留在圣克莱尔，但阿热卢斯离这里不算远，我和让还是可以见面的。你还记得那间猎野鸽的小屋吗？是你选择了那个地方，我在那里经历的喜悦是那么……噢！千万别觉得我们做了什么坏事。他是那么温情！你完全无法想象他这种男孩是什么样的。他用功学习，读过很多书，跟你一样；可在一个年轻男子身上，这种品质就不会让我感到厌烦，我从来没想过要取笑他。如果能成为像你这样博学的人，我什么都愿意做！亲爱的，如今你已经拥有，而我还未曾了解的这种幸福究竟是什么样的，以至于哪怕只是靠近它，都会感到如此快乐？在你总想把下午茶带过去的那间小屋里，我待在他身边，感觉内心燃起幸福，如同某种我可以碰触的东西。但我对自己说，还有一种幸福是超越这种幸福的；让的面色变得苍白，他走远时，我回忆着我们的爱抚，期待着第二天要发生的事，对那些可怜人的抱怨、恳求和辱骂充耳不闻，他们不了解……也从未了解过……亲爱的，原谅我，我跟你谈起这种幸福，仿佛你也从未了解过；可与你相比，我不过是个新手，而且我确信，你会跟我们一起对抗那些伤害我们的人……

苔蕾丝拆开第三封信，上面只有很潦草的几行字：

回来吧，亲爱的，他们把我们分开了，把我看管起来了。他们觉得你会站在他们那边。我说过会相信你的判断。我会把一切都向你解释清楚：他没病……我既幸福，又痛苦。能够为了他而受苦，我感到幸福；我也爱他的痛苦，仿佛那就是他爱我的标志……

苔蕾丝没有再往下读。她把信纸装回信封时，注意到里面有一张照片，她一开始没看到。她在窗边凝视着这张脸：这是个年轻男孩，由于头发浓密而显得脑袋很大。苔蕾丝认出了照片的拍摄地点：让·阿泽维多像大卫[1]一样站在斜坡上（他身后是一片牧羊的荒原）。他的外套搭在胳膊上，衬衣微微敞开。苔蕾丝抬起头，被镜中映出的脸

1　《大卫》是米开朗琪罗的雕塑代表作，展现了年轻俊美的男子形象。

吓了一跳。她费了很大的力气才松开咬紧的牙关，咽下口水。她在太阳穴和额头上涂了古龙水。"她懂得那种快乐了……而我呢？我呢？为什么我不能？"照片还放在桌上，旁边有一枚大头针在闪闪发光……

"我干了那件事。是我干的……"在颠簸不已、正在加速下坡的火车上，苔蕾丝重复道，"那件事已经过去两年多了，在旅馆的房间里，我拿起大头针，把它扎进了照片上男孩心脏的位置——但并不生气，而是十分平静，仿佛那是一个很普通的动作；我把刺穿的照片扔进了厕所，拉下了冲水的绳子。"

贝尔纳回来后便赞叹她神情严肃，仿佛一个经过深思熟虑，甚至还制订了行动计划的人。可她不该抽那么多烟，她是在毒害自己！按照苔蕾丝的说法，小姑娘只是一时任性，不必太在意。她承诺会好好引导的……贝尔纳希望苔蕾丝能让他放心，摸到口袋里的回程票，他很开心，他的家人已经在向他妻子求助了，这让他很受用。他告诉她，他们要到布洛涅森林的一家餐厅去吃此次旅行的最后一顿午饭，不管花费多少都去。在出租车上，他谈到了狩猎季到来后的计划，他急于试试巴利翁为他训练的那条猎狗。他母亲在信中说，母马接受了点状灼烧治疗，已经不瘸了……餐厅里人还不多，烦琐的服务吓到了他们。苔蕾丝还记得那股气味——天竺葵和卤水的味道。贝尔纳从来没有喝过莱茵河的葡萄酒："啧，这可真不是白给的。"反正他们并不是每天都吃大餐。贝尔纳宽阔的肩膀挡住了大厅，苔蕾丝看不到，在巨大的玻璃窗后面，几辆车静静地停在了那里。她看到贝尔纳耳朵旁边的肌肉在动，她知道那是颞肌。几大口酒下肚后，他马上变得满脸通红：几个星期以来，这个英俊的乡下小伙子每天享用美酒佳肴，只是无处消耗。她并不恨他，但她多想一个人待着，静静地思考自己的痛苦，寻找痛苦的根源！她只希望他离开，这样她就可以不用再强迫自己吃东西、微笑，也不用想着如何摆出适当的表情，如何掩饰灼热的目光了。这样她就可以自由自在地沉浸在那种神秘难解的绝望里了：你以为有个人会在你身边，一直陪你到最后，可她却逃离了那座荒岛，跨越了把你与其他人隔绝开来的深渊，加入了他们，总之就是换了一颗星球生活……不，有谁能换个星球生活？安娜似乎一直身处单纯的人所生活的世界，昔日里，在她们独自去度假时，她的头枕在苔蕾丝的膝盖上，苔蕾丝望着熟睡的她，但那不过是一个幻影；而真正的安娜·德拉特拉夫，如今在圣克莱尔和阿热卢斯之间废弃的鸽棚里，与让·阿泽维多见面的安娜，她从未了解过。

"你怎么了？你不吃吗？不能都剩下：价格这么高，太可惜了。是因为太热了吗？你不会昏过去吧，还是你已经……觉得不舒服？"

她微微一笑，只是嘴角略带笑意。她说自己在想安娜的这场冒险（她必须谈谈安娜）。自从她宣布会处理这件事之后，贝尔纳说他可以放心了。年轻女人问道，他父母为什么反对这门婚事。他以为她在取笑他，便恳求她不要再发表那些荒谬的言论了：

"首先，你很清楚，他们是犹太人，妈妈认识阿泽维多的祖父，他拒绝接受洗礼。"

但苔蕾丝声称，在波尔多，没有比这些葡萄牙犹太人的姓氏更古老的了。

"当我们的祖先还在悲惨地放羊，在沼泽地边上被热病折磨得瑟瑟发抖时，阿泽维多家已经在这里占有一席之地了。"

"听着，苔蕾丝，不要为了争辩而争辩；犹太人都是半斤八两……而且这家人都有些痴呆，他们祖上都有肺结核，所有人都知道。"

她点了一支烟，贝尔纳每次看到这个动作都震惊不已。

"那你想想，你的祖父和曾祖父是因为什么而死的？如果你知道跟我结婚以后，会从我母亲那里遗传什么病，你会担心吗？你觉得在我们的祖辈里，得肺结核和梅毒的人还不够多，不足以把全世界的人都害死吗？"

"你太过分了，苔蕾丝，让我告诉你：哪怕是开玩笑，故意气我，你也不该把家里的事拿出来说。"

他生气地挺直身子，既想摆出傲慢的样子，又不想在苔蕾丝面前显得可笑。但她坚持说：

"我们的族人谨慎得像鼹鼠一样，让我觉得好笑！他们害怕明显的缺陷，但对那些还不为人知，数量却要多出很多的毛病毫不在乎。你呢，你自己也用了'隐疾'这个说法……不是吗？对人类来说，最让人害怕的难道不是那些看不见的疾病吗？我们两家从来没有想过这一点，他们却商量好了，要把最肮脏的东西盖起来，埋起来，要不是有仆人，我们根本什么都不会知道。幸亏有仆人……"

"我不会再回答你了，在你滔滔不绝的时候，最好的办法就是等你说完。对我来说，你这些话不会造成什么严重的伤害，我知道你是在开玩笑，可你知道，在家里就不能说这些了。我们不会在家族问题上开玩笑。"

家族！苔蕾丝掐灭了烟。她的眼睛盯着这座牢笼，有无数道活生生的栅栏的牢笼，有无数耳朵和眼睛的牢笼；她一动不动地蹲在里面，下巴靠在膝盖上，胳膊抱着腿，等待着死亡的降临。

"好了，苔蕾丝，别摆出这副表情，如果你能看到自己的样子……"

她微微一笑，重新戴上面具：

"我跟你开玩笑呢……你真傻，亲爱的！"

可是在出租车里，当贝尔纳靠近她时，她伸手把他推开，让他离远一点。

回家前的最后这一夜，他们刚到九点就上床睡觉了。苔蕾丝吃了一片药，但她太想睡着了，反而睡意全无。有那么一瞬间，她的意识变得模糊起来，这时，贝尔纳嘟嘟囔囔地不知说了句什么，翻了个身；接着，她感到这庞大而滚烫的身躯靠到了自己身上。她把他推开，躺到床的边沿，这样就不用忍受火热了；可几分钟后，他又朝她滚过来，仿佛在意识离开后，他的肉体依然存活着，甚至在睡梦中，也迷迷糊糊地寻找着他熟悉的猎物。她粗暴地伸出手，再次把他推开，却没有吵醒他……啊！但愿一次就能把他永远地推开！把他赶下床，赶进黑暗中。

巴黎的夜色里，汽车喇叭声此起彼伏，就像月亮升起时，阿热卢斯的鸡鸣和犬吠。街上没有一丝凉意。苔蕾丝打开一盏灯，胳膊肘靠在枕头上，看着身边这个一动不动的男人——这个男人二十七岁，他把被子推开了，她几乎听不到他的呼吸声；乱糟糟的头发挡住了他依然光滑的额头和没有一条皱纹的鬓角。他睡着了，像手无寸铁、赤身裸体的亚当，睡得很沉，仿佛要永远睡下去。女人把被子扔到他身上，起身去找她读到一半被打断的那封信，然后走到灯前：

> ……如果他让我随他而去，我会头也不回地抛下一切。我们在最后一次爱抚到极致，到最最极致的时候停下来，但这是他的意愿，而不是因为我抗拒——实际上是他在抗拒我，而我希望抵达那些未知的尽头，他经常对我

说，只要一靠近这些尽头，就会感受到无比的喜悦。按照他的说法，应该永远留在那边；他为能够在斜坡上刹住车感到自豪，他说其他人一旦走上斜坡，就会不可抗拒地往下滑……

苔蕾丝打开窗户，把几封信撕成碎片，俯身望向这石头的深渊，黎明前的这个时刻，一辆载重车隆隆驶过。纸片打着转儿，落在楼下的阳台上。年轻女人闻到了植物的气味——是从哪片田野传到这沥青荒漠上来的？她想象着自己的身体摔得血肉模糊，在马路上留下血迹，警察和闲逛的人围上来……你的想象力太丰富了，不会自杀的，苔蕾丝。说真的，她不想死；一项紧急的任务在召唤她，不是复仇，也不是仇恨，而是那个在圣克莱尔的小傻瓜，她还相信自己有可能获得幸福，她得像苔蕾丝一样，明白幸福是不存在的。如果说她们没有其他共同之处，至少让她们拥有这些：无聊，没有更崇高的使命，没有更高级的职责，除了卑微的日常事务以外没有任何盼头——孤立无援。晨曦照亮了屋顶；她回到床上一动不动的男人身边；但她刚在他身边躺下，他就靠了过来。

她醒来时清醒又理智。她在乱想些什么呢？她的家庭在向她求助，她会按照家庭的要求行事；这样她就能确保不偏离路线了。苔蕾丝同意贝尔纳的观点，如果安娜错过与德吉扬的婚姻，那将是一场灾难。德吉扬一家跟他们不属于同一个世界，他们的祖父是个牧羊人……是的，但他们拥有这个地方最美的松树；说到底，安娜并不是那么富有：父亲那边没什么好指望的，除了朗贡附近沼泽地里的葡萄园，但葡萄园每隔一年就会被淹。无论如何，安娜都不应该错过与德吉扬的婚事。房间里的巧克力味让苔蕾丝感到恶心；这轻微的不适证实了其他征兆：她已经怀孕了。"最好是马上就怀孕，"贝尔纳说，"这样之后就不用再去想这件事了。"他带着敬意注视着这个女人，她体内正孕育着无数松树唯一的主人。

五

　　圣克莱尔，快到了！圣克莱尔……苔蕾丝盯着这条路，这条留下她漫漫遐思的路。她能让贝尔纳跟着她想这么多吗？她不敢奢望他能同意迈着如此缓慢的步伐走在这条蜿蜒曲折的小路上；然而，一句关键的话都还没说出口："当我带他到达我现在所处的这条窄道时，一切仍有待我去发现。"她思考着自己的谜团，询问这位有资产的新娘——在她定居圣克莱尔时，人人都夸赞她明智——并回忆起在公婆这幢凉爽、阴暗的房子里度过的前几个星期。从大广场那边看，百叶窗永远是关着的；但左边有一道栅栏，从栅栏看过去，是被天芥菜、天竺葵和矮牵牛映得火红的花园。德拉特拉夫夫妇藏在一楼一间幽暗的小客厅里，安娜则在她被禁止离开的花园里游荡。苔蕾丝往返于他们之间，是他们的知己和同谋。她对德拉特拉夫夫妇说："你们要先做一点让步，带她去旅游，然后再做决定，我保证她会在这件事情上顺从你们；等你们离开了，我再采取行动。"怎么行动呢？德拉特拉夫夫妇隐约预感到，她会去见小阿泽维多。"你们不能指望直接发起正面进攻，母亲。"按照德拉特拉夫夫人的说法，幸亏什么消息都没有走漏出去，真是谢天谢地。邮局的工作人员莫诺小姐是唯一的知情人，她拦下了安娜的几封信。"可这个姑娘是个守口如瓶的人。而且，我们控制得了她的……她不会说闲话。"

"尽量让她少受点苦吧。"埃克托[1]·德拉特拉夫反复说道。从前，面对安娜最荒谬任性的行为，他都会让步，但现在也只能赞同妻子，他说："舍不得孩子套不着狼……"又说："总有一天，她会感谢咱们的。"没错，但在那之前，她不会病倒吗？

夫妻俩不说话了，目光茫然。或许，他们想象自己正跟着筋疲力尽的孩子，在大太阳底下，厌恶一切食物：花在那里，她视而不见，还碾碎了，像母鹿一样沿着栅栏来回踱步，寻找着出口……德拉特拉夫夫人摇了摇头："我总不能替她喝下肉汤吧？她吃花园里的果子都吃饱了，这样吃饭的时候就可以空着盘子，什么也不吃。"埃克托·德拉特拉夫说："要是我们同意了，她以后会怪我们的。等她生下几个可怜的孩子……"他妻子埋怨他那副努力找借口的样子："幸好德吉扬一家还没回来。他们十分看重这桩婚事，这是咱们运气好。"等苔蕾丝离开客厅后，他们互相问道："她在修道院时，人们往她脑子里灌输了些什么东西？在这里，她只有好榜样；我们会监督她读什么书。苔蕾丝说，要想把年轻女孩子搞得神魂颠倒，最坏的莫过于'佳作丛书'里的爱情小说了……但她是那么自相矛盾！不过谢天谢地，安娜没有爱读书的怪癖，在这一点上，我没什么好指责她的。在这一点上，她真像这个家里的女人。说到底，如果我们能让她换换环境……在那场麻疹并发支气管炎之后，她去了一次萨利，你记得那给她带来了多大的好处吗？她想去哪儿，我们就去哪儿，我的话也只能说到这儿了。说实话，这孩子真让人觉得可怜。"德拉特拉夫先生低声叹了口气："噢！跟我们一起旅行……"他妻子有点耳背，问他："你说什么？"他答道："没什么！没什么！"如今，这位老先生富足地安享晚年，他在突然之间想起了哪一次爱情之旅？抑或是想起了青春恋爱时代哪些幸福的时刻？

　　苔蕾丝在花园里找到了安娜，她身上还穿着去年的裙子，显得太大了。"怎么样？"年轻女孩看到朋友走过来，立刻喊道。小路上遍布灰尘，干枯的草地吱吱作响，晒干的天竺葵散发出香气，还有八月午后的这位少女，比任何植物都更萎靡不振，这一切都留在了苔蕾丝的心里。暴风雨来临的时候，她们不得不躲进花房；冰雹落在窗户上，发出噼里啪啦的响声。

"你离开这里又有什么关系呢？反正你也见不到他。"

"我见不到他，但我知道他就在十公里外的地方呼吸。风从东边吹来的时候，我知道他跟我在同一个时刻听到了钟声。贝尔纳在阿热卢斯或者巴黎，对你来说一样吗？我见不到让，但我知道他就在不远的地方。星期天做弥撒时，我甚至不用回头，因为从我们的位子看过去只能看到祭坛，一根柱子把我们与其他人隔开了。可当我们离开时……"

"他周日不在那里？"

苔蕾丝知道这件事，她知道安娜被母亲领走时，在人群中徒劳地寻找一张并不在场的面孔。

"或许他生病了……他的信被拦下来了；我没办法知道任何事。"

"但还是有点奇怪，他都没想出什么办法捎来一点口信。"

"如果你愿意，苔蕾丝……是啊，我很清楚你的处境很微妙……"

"你就答应去旅行吧，你不在这儿的时候，或许……"

"我不能离开他。"

"不管怎么说，他都会走的，亲爱的。再过几周他就要离开阿热卢斯了。"

"啊！别说了。想到这个我就受不了。他一句话也没传来，我快活不下去了。我已经快死了：我得时时刻刻回想他那些让我无比快乐的话，可因为我不断地重复，我已经无法确定他是不是真的说过那些话了。你瞧，比如这句，在我们最后一次见面时，我觉得我似乎听到他说：'我的生命中没有别人，只有你……'他是这么说的，也可能是：'你是我生命中最宝贵的……'我记不清了。"

她皱着眉，努力回想这句宽慰的话语，无限夸大了它的意义。

"说到底，这个男孩怎么样？"

"你根本无法想象。"

"他跟别人都不一样？"

"我想给你描绘他的样子……但实在是超出了我的表达能力……总之，你可能会觉得他很普通……但我确定他不是那样。"

这个年轻人因为她全心全意的爱而变得耀眼，苔蕾丝却看不出他有任何特别之处。"我呢，"苔蕾丝想，"激情会让我更清醒；至于我渴求的人，他身上没有什么能逃过我的眼睛。"

"苔蕾丝，如果我同意去旅行，你会去见他吗？你会把他的话捎给我吗？你能把我的信带给他吗？如果我离开，如果我鼓起勇气离开……"

苔蕾丝离开了光明的王国，像一只深色的马蜂一样再次走进书房，那对父母正在那里等待热气消退，等待女儿放弃抵抗。她来来回回很多次，才让安娜下定决心离开。要不是德吉扬一家马上就要回来，苔蕾丝或许永远不会成功。面对这个新的危险，安娜战栗不已。苔蕾丝反复对她说，作为一个如此有钱的男孩，"这个德吉扬还不错"。

"可是，苔蕾丝，我都没怎么看过他：他戴着夹鼻眼镜，秃头，是个老头子。"

"他才二十九岁……"

"我就是这么说的：他老了，而且，不管老不老……"

晚上吃饭时，德拉特拉夫夫妇谈起了比亚里茨[1]，打听一家旅馆的情况。苔蕾丝观察着安娜，她一动不动、失魂落魄。德拉特拉夫夫人不停地说："勉强吃一点……得强迫自己这样做。"安娜机械地把勺子送到嘴边，眼睛里没有一丝亮光。任何人和事对她来说都不存在，除了那个不在场的人。有时，她的嘴角会浮现一丝微笑，因为她想起了听过的一句话，或是得到的一次爱抚，那是在荒原上的木屋里，让·阿泽维多过于有力的手把她的衬衫撕坏了一点。苔蕾丝看着贝尔纳俯身靠向盘子的背影：由于他坐在背光的地方，她看不清他的脸；但她听到了他缓慢的咀嚼声，如同在反刍神圣的食物。她离开了餐桌。她婆婆说：

1　法国西南部旅游度假胜地。

"她希望我们不要注意她。我想好好心疼她，但她不喜欢被人照顾。她不舒服，算是很轻微的反应了。虽然她说不抽烟了，但还是抽得很多。"这位女士回忆起自己怀孕时的情景："我想起怀着你的时候，我得闻橡胶球的味道，只有这样我的胃才会舒服。"

"苔蕾丝，你在哪里？"

"在这儿，长椅上。"

"啊！对，我看到你的烟了。"

安娜坐下来，把头靠在苔蕾丝一动不动的肩膀上，仰望天空，说道："他看得见这些星星，他听得到祈祷的钟声……"她又说："亲亲我吧，苔蕾丝。"可苔蕾丝没有俯身去吻这个对自己充满信任的脑袋。她只是问：

"你痛苦吗？"

"不，今晚我不痛苦：我已经明白了，不管用什么办法，我都会再见到他。我现在很平静。最重要的是让他知道，你会告诉他的——我下定决心去旅行。但回来时，我会穿过层层高墙，迟早会冲进他怀里；我相信这一点，就像相信我自己的生命。不，苔蕾丝，不：至少你别来教育我，别跟我谈家族……"

"我想的不是家族，亲爱的，而是他。你不能就这样闯入一个男人的生活，他也有自己的家庭，自己的爱好，自己的工作，或许还跟人有私情……"

"不，他对我说：'我的生命里只有你……'还有一次，他说：'我们的爱情是我此时此刻唯一珍视的东西……'"

"'此时此刻'？"

"你在想什么？你觉得他指的只是当时那一分钟？"

苔蕾丝不需要再问她是否痛苦了：她能在黑暗中感受到她的痛苦，但并不怜悯她。为什么要怜悯她呢？重复着某个与自己心心相印之人的名字，该是多么甜蜜的事！只要想到他活着，他在呼吸，他晚上枕着手臂入睡，他在黎明醒来时，年轻的身体驱散了浓雾……

"苔蕾丝,你在哭吗?你是为我而哭吗?你是爱我的。"

女孩跪在地上,把头靠在苔蕾丝的腹部。突然,她挺直了身子,说道:

"我感觉额头下面有什么东西在动……"

"对,几天前就开始动了。"

"小宝宝?"

"是的,他现在已经有生命了。"

她们搂着腰朝屋里走去,就像以前在尼藏和阿热卢斯的路上那样。苔蕾丝想起自己曾经害怕这晃来晃去的负担;在她灵魂最深处,该有多少激情进入了这具尚未成形的肉体!她又回想起那天晚上自己坐在卧室里,面朝敞开的窗户。(贝尔纳在花园里对她喊道:"别开灯,会招蚊子。")她数着离孩子出生还有几个月;她想去认识一位神明,向他祈求,永远不要让这个此刻还跟她的五脏六腑连在一起的未知生命降生。

六

奇怪的是，苔蕾丝回想起安娜和德拉特拉夫夫妇离开后的日子，只觉那是一段昏昏沉沉的时光。在阿热卢斯，一家人约定要由她来想办法去对阿泽维多施压，让他放手，但她只想着休息和睡觉。贝尔纳同意不住在自己家里，而是住到苔蕾丝家，那里更舒服，而且克拉拉姑姑会帮他们免除一切家务的苦恼。对苔蕾丝来说，别人怎样又有什么关系呢？让他们自己去解决吧。在分娩之前，她最喜欢的就是这种迟钝的状态。每天早上，贝尔纳都会提醒她，她承诺过要去找让·阿泽维多，惹得她生气。苔蕾丝训斥他，觉得没有以前那么容易忍受他了。也有可能是她怀了孕，发脾气也不奇怪，贝尔纳就是这么认为的。他自己也开始被一种挥之不去的念头纠缠，这在他的家族里十分常见，虽然在三十岁之前很少表现出来。一个身强体壮的小伙子怕死，这首先就让人惊讶。他抗议道："您不知道我感觉如何……"这种时候该回答什么呢？这些人食量大，又出生于游手好闲、营养过剩的家族，看起来十分强壮。一棵松树如果被种在田野中施过肥的土地里，可以快速生长，但树心很快就会腐烂，因此在它长势正旺的时候，就得把它砍倒了。"这是神经性的。"人们不停地告诉贝尔纳。但他能感觉到金属表面的这个瑕疵，这道裂痕。而且，令人无法想象的是，他不吃东西了，也感觉不到饿了。"你为什么不去看医生？"他耸了耸肩，装出不在乎的样子；实际上，这种不确定性似乎没有死亡判决那样令人生畏。夜里，喘息声有时会把苔蕾丝惊醒，贝尔纳抓起她的手，放在自己的左胸上，让她注意他心跳的间歇。她点燃蜡烛，起身往一杯水里倒了点缬草酸。她想，这种合剂竟然对健康有益，真是偶然！为什么不会致命呢？没什么能抚慰伤痛，没什么能真正让人入睡，除非是让人长眠不醒。这个经常唉声叹气的人，为什么会如此害怕能让他永远不再痛苦的东西呢？他比她先睡着了。躺在这具硕大的身躯旁，有时候鼾声还会吵得她烦躁不安，怎么睡得着呢？谢天谢地，他没有再靠过来——他似乎认为，在所有的活动里，做爱是对心脏最危险的一种。黎明的鸡叫唤醒了农庄。圣克莱尔的晨钟在东风中响起，苔蕾丝终于阖上了眼睛。这时，男人的身体又不安起来，他像农夫一样迅速穿好衣服（还勉强在冷水里浸了一下脑袋），接着像狗一样溜进厨房，垂涎着橱柜里的残羹剩饭，狼吞虎咽地吃起一只骨架、一块肉冻、一串葡萄，或是一片抹了大蒜的面包。这是他一天中唯一的一顿美餐！他把一块块食物扔给弗朗博和黛安娜，它们嚼得下巴咔咔作响。雾中弥漫着秋天的气息。这一刻，贝尔纳不再感到痛苦，他重新感到青春焕发。鸽群很快就会经过，他得去找饵鸟，把它们的眼睛挖出来。到了十一点，他回到家，发现苔蕾丝还躺在床上。

"小阿泽维多的事怎么样了？你知道母亲在比亚里茨等消息吧？她在等着收你的留局自取信呢。"

"你的心脏怎么样？"

"别提我的心脏了。你一提，我就会感到不舒服。事实证明这是神经性的……你也觉得这是神经性的吗？"

她从来不会按照他想要的方式回答：

"我们谁也不知道，只有你知道自己的感觉。你父亲死于心绞痛，但这不是理由……尤其是在你这个年纪……显然，心脏是德斯盖鲁家的弱点。你真好笑，贝尔纳，竟然这么怕死！你从来不会像我一样，深深地觉得自己很没用吗？没有？你不觉得我们这种人活着也像死了一样吗？"

他耸了耸肩，她的阴阳怪气让他厌烦。要想表现出风趣并不难，只要做到事事违背常理就可以了。但他补充道，她不该跟他耗太多力气，还不如留着去对付小阿泽维多呢。

"你知道他十月中旬要离开维尔梅雅吗？"

在维朗德罗站，也就是圣克莱尔的前一站，苔蕾丝想："要如何说服贝尔纳，我并不爱这个男孩呢？他肯定会觉得我很喜欢他。就跟所有完全不了解爱情的人一样，他会认为我被指控的这种罪行只能是激情所致。"得让贝尔纳明白，在那段日子里，她虽然觉得他很烦，但还远没有到恨他的程度；她想象不出来，再找一个男人对自己有什么好处。说到底，贝尔纳也没那么差。她讨厌小说里描绘了那么多出色的人，在生活中却从来遇不到。

在她认识的男人里，唯一出色的是她的父亲。她尽量把这个冥顽不化、生性多疑、脚踩几只船的激进分子想得高尚一些：他有地产，有工厂（除了 B 市的一家锯木厂，他还在圣克莱尔开了一家工厂，加工自己和亲戚家的树脂）。作为政治家，他傲慢无礼的办事方式造成了一些损失，但他的意见在省政府里很受重视。他还那么鄙视女性！甚至连苔蕾丝也不例外，哪怕在人人都夸赞她聪

明的时候。悲剧发生后，他反复跟律师说："她
们全都歇斯底里，要么就是一些蠢货！"这个反
教权的人经常表现出腼腆的一面。他有时也会哼
唱贝朗热[1]的歌谣，但他无法忍受别人在他面前谈
论某些话题，他会像个少年一样羞红了脸。贝尔
纳从德拉特拉夫先生那里得知，拉罗克先生结婚
时还是处子之身："自他鳏居以来，那些先生就经
常跟我说他没有情妇。你父亲真是个人物！"是
的，他是个人物。如果隔得远一点，苔蕾丝还能
美化他的形象，但只要他在身边，她就只能看到
他有多卑鄙。他很少去圣克莱尔，更常去阿热卢
斯，因为他不喜欢跟德拉特拉夫夫妇见面。他们
俩在场时，虽然约好不谈政治，但只要汤一端上
来，愚蠢的辩论就会开始，而且很快就变得激烈
起来。苔蕾丝认为参与这种辩论很丢人，出于骄
傲，她绝不开口，除非有人谈到宗教问题。那时，
她会赶紧去帮拉罗克先生。每个人都在大喊大叫，

1　贝朗热（Pierre-Jean de Béranger，1780—1857），法国诗人、作
　曲家。

连克拉拉姑姑都能捕捉到只言片语，她也加入混
战，用聋子可怕的嗓音大肆抒发着一个固执老太
太的激情，声称自己"对修道院里的那些事了如
指掌"；说到底（苔蕾丝想），姑姑比德拉特拉夫
家的任何一个人都要虔诚，只是她与全知全能的
上帝公开宣战，是上帝让她又聋又丑，直到死去
都从未被爱过、被占有过。有一次，德拉特拉夫
夫人离席而去，自那天起，大家就达成一致，不
再谈论形而上的东西。只要谈政治，这些人就会
怒气冲冲，但不管他们是左派还是右派，仍然在
一项重要原则上达成了共识，那就是：产业是这
个世界上唯一的宝贝，如果无法拥有土地，人生
便不值得一过。可究竟该不该忍受必要的牺牲呢？
如果要让步，又该让步多少？苔蕾丝"血液里流
淌着财产意识"，她真想厚着脸皮提出这个问题，
但她讨厌拉罗克先生和德拉特拉夫夫妇装模作样
地掩饰他们共同的爱好。当她父亲宣称"永远热
爱民主"时，她打断了他："没必要这么说，这里
没有外人。"她说政治的崇高让她感到恶心；她

不理解阶级斗争的悲剧，因为在这个地方，连最穷的人都有财产，而且只想着拥有更多；对土地、狩猎、吃喝的共同热爱在所有人——包括资产阶级和农民——之间建立起一种亲密的兄弟情谊。但是贝尔纳有教养，人们都说他见过世面，苔蕾丝自己也很庆幸，他是一个可以与之交谈的男人："总之，他比他周围的人强很多……"她一直是这样想的，直到她遇见了让·阿泽维多。

那个时节，夜晚的凉意会持续一整个上午，一到吃下午茶的时间，无论阳光有多炙热，远处的薄雾都会飘起，预示着黄昏即将到来。第一批野鸽已经飞来了，贝尔纳往往晚上才回家。可是这一天，在整夜没睡好之后，他一口气跑去波尔多看医生了。

"我当时什么都不想做，"苔蕾丝回忆道，"我在路上走了一个小时，因为孕妇是该稍微散散步的。我避开了树林，因为那里有鸽棚，得随时停下来，吹响口哨，等到猎人大喊一声，才能继续往前走。但有时你吹响口哨后，回应你的是一阵长长的哨声，说明一群野鸽被打落在橡树中间，你得蜷缩着身子藏起来，免得吓到它们。然后我就回去了，在客厅或厨房的炉火前打个盹儿，一切都由克拉拉姑姑伺候。我对待她，就像上帝对待自己的女仆一样，我从来不会注意这个老姑娘，她总是带着鼻音讲厨房或农庄里的故事。她说呀说呀，就是为了不用听别人说话：她讲的几乎都是些凄惨的故事，内容无非是她照顾的那些佃农，那些她整夜尽职尽责地守着的佃农，比如快要饿死的老人、被迫工作到死的人、被抛弃的残疾人，还有受人奴役、当牛做马的女人。克拉拉姑姑语气轻快，用纯真的方言转述他们最恶毒的话语。说真的，她只喜欢我，但在她跪下来给我解鞋带、脱袜子，把我的脚握在她苍老的手中焐热时，我连看都不看她一眼。

"在去圣克莱尔的前一天，巴利翁来问有什么吩咐，克拉拉姑姑列了张待办事项清单，把给阿热卢斯的病人准备的处方收集好，说：'你们

先去药店，达尔凯要准备这些药，一整天怕还不够呢……'

"我第一次跟让见面的时候……我得回想每一个细节：我决定去那间废弃的鸽棚，我以前曾和安娜在那里吃下午茶，我知道在那之后，她也会在那儿跟阿泽维多幽会。不，在我看来，这根本就不是一次朝圣。但这边的松树长得太高了，不能在这里窥伺野鸽了：我不想打扰猎人。这间鸽棚不能再用了，因为四周的树林挡住了视线；树梢伸展开来，不再顾惜天上这些宽阔的街道，通常猎人会看到鸽群突然出现在那里。别忘了：十月的阳光依然在炙烤，我在沙土小径上叫苦不迭，苍蝇一直在骚扰我。我的肚子真重！我盼着在鸽棚里腐烂的长椅上坐下歇歇。我打开门时，一个年轻人从里面走了出来，头上没戴帽子，我一眼就认出是让·阿泽维多。起初，我以为自己打断了一场约会，因为他一脸困惑。我想逃走，但做不到；奇怪的是，他只想着留住我。'不，进来吧，夫人，我向您发誓，您完全没有打

扰到我。'

"在他再三要求下，我进入鸽棚，惊讶地发现里面一个人都没有。或许有位牧羊的姑娘从另一个出口逃走了？但没听到踩断树枝的声音。他也认出了我，脱口而出的是安娜·德拉特拉夫的名字。我坐下，他还像照片上一样站着。透过他的丝绸衬衣，我看着自己扎大头针的地方，但只是出于好奇，不带任何激情。他英俊吗？精致的额头，家族遗传的温柔的眼睛，过于肥胖的脸颊，以及那个年龄的男孩让我讨厌的地方：长痘痘——这是热血涌动的标志，还有很多地方流了脓；尤其是那双出汗的手，在跟我握手前，他用手帕擦了擦。他的目光美丽而滚烫；我喜欢他那张总是微微张开、露出尖牙的大嘴；那张脸像一条发热的小狗的脸。我呢？我当时是什么样的？我完全站在家族这边，我记得是这样。我摆出一副盛气凌人的样子，用严肃的语气指责他'把一个体面的家庭搅得鸡犬不宁、四分五裂'。啊！再回忆一下他当时多么震惊，那不是装出来的。小伙子大笑起来：'所以，您觉得我会跟她结婚？您觉得我渴望这份荣耀？'我震惊不已，一眼就看出，安娜的热情与这个小伙子的冷漠之间隔着一道深渊。他激烈地为自己辩护：当然了，在一位如此美妙的少女的魅力面前，怎么能不屈服呢？谁也没有禁止他玩一玩，而正因为他们不可能结婚，他就更觉得玩玩也无所谓。或许他曾假装跟安娜有同样的打算……我趾高气扬地打断他以后，他又激烈地强调，安娜也能为他做证，证明他没有玩过火；况且他毫不怀疑，德拉特拉夫小姐全是因为他，才拥有了一些真正充满激情的时刻，在她沉闷的一生中，这或许是唯一的一次。'您对我说她很痛苦，夫人；可您是否觉得，除了这份痛苦，她的命运中也没有更好的东西值得期待？我听说过您的事；我知道自己可以把这些事讲给您听，您跟这里的人不一样。在安娜踏上最凄惨的旅程，在圣克莱尔的一幢旧房子里安顿下来之前，是我让她获得了丰富的感受和梦想，这些或许可以把她从绝望中拯救出来，至少是从混沌中拯救出来。'他这种过分的自命不凡和矫揉造作是否让我感到厌烦,或者是否让我感动,我已经记不清了。说真的,他语速那么快,一开始我都跟不上;但很快,我的思维就习惯了他的滔滔不绝。'你们以为我会渴望这样一场婚姻吗?可以在这片荒漠里扎根,或者把这个小姑娘带到巴黎去吗?当然,安娜给我留下了美好的印象;在您撞见我时,我恰好在想她……可是夫人,我们怎么能一成不变呢?每一分钟都应该有每一分钟的喜悦,跟前面每一分钟的喜悦都截然不同。'

"这种小动物般的贪婪、这种智慧竟集中在一个人身上,让我觉得很奇怪;我就听他讲话,没有打断他。是的,很明显,我对他着了迷;而且他都没花什么力气,天哪!但我就是着了迷。我记得从远处传来脚步声、铃声,还有牧羊人野蛮的喊声,羊群正在靠近。我对这个男孩说,我们待在鸽棚里可能显得很奇怪;我希望他回答说,在羊群过去之前,我们最好不要发出任何声响。我们肩并肩,没有说话,这种默契会让我很开心

（我的要求也变高了，我希望每一分钟都能带来值得让我活下去的东西）。但让·阿泽维多没有提出异议，他打开了鸽棚的门，很客气地退到一边，让我先走。在确认我不反对之后，他一直跟着我到了阿热卢斯。回去的时候，时间过得那么快，但我的同伴还是谈到了无数个话题！那些我一知半解的事，他都能讲得那么新鲜，比如宗教问题。我把在家里经常说的那些话又拿出来讲，他打断了我：'是啊，有可能……但要比这更复杂……'实际上，他辩论起来有条不紊，让我赞叹不已……但说到底，真的那么值得赞叹吗？……我想，如果是今天听到那样的话，我可能会感到恶心：他说，很长时间以来，他一直觉得除了寻找和追随上帝，其余的事情都不重要。'快乘船去海上，像逃避死亡一样避开那些人，他们相信自己已经找到上帝，便裹足不前，修建起避难所，在里面沉睡不醒；我一向看不起那些人……'

"他问我有没有读过勒内·巴赞[1]的《富科神

---

1 勒内·巴赞（René Bazin，1853—1932），法国小说家，作品多描写外省生活。

父的一生》，我假装笑了一声，可他说这本书让他大为震撼。'去过危险的生活，在深层意义上，'他补充道，'或许这不仅意味着要去寻找上帝，更意味着要找到他，并且在发现他之后，要留在他的轨道上。'他给我描述了'神秘主义者的冒险'，抱怨说他的性格让他无法进行这种尝试，'但在他的记忆里，他不记得自己曾经纯洁过'。他如此坦率，如此轻易地敞开心扉，这与外省人的谨慎是多么不同！在我们那里，每个人都对自己的内心世界闭口不谈。圣克莱尔的流言蜚语也只会流于表面，没有人会暴露内心的想法。说到底，我对贝尔纳又有多少了解呢？在我要向自己描述他时，我总是满足于那幅诙谐的漫画，可他身上没有远远超出这些的东西吗？让在说话，我没有出声：除了在家庭讨论时常说的那些话，我想不到任何东西。在这里，所有的车都要'合乎车辙'，也就是说，车身要足够宽，车轮要能跟车辙完全匹配；到那一天为止，我所有的想法，也都合乎父亲和公婆的'车辙'。让·阿泽维多没戴帽子；我又看到他的衬衫微微敞开，露出里面孩子般的胸膛，还有十分健壮的脖子。我感受到他肉体的魅力了吗？啊！上帝，没有！但他是我遇到的第一个将精神生活看得比什么都重要的人。他不停地跟我讲述他的老师和他在巴黎的朋友说过的话、写过的书，这让我无法把他视作一个特殊现象：他属于一个庞大的精英群体，用他的话说，'那些真正存在的人'。他列举了很多名字，可能都想象不到我不知道这些人；我只好假装不是第一次听到。

"当阿热卢斯的田野出现在道路拐角处时，我喊道：'已经到了！'在这块曾经出产黑麦的贫瘠土地上，燃烧野草产生的烟雾沿着地面飘荡；一群羊穿过斜坡的凹处，像脏牛奶一样流淌着，仿佛在啃食沙子。让得穿过田野才能到达维尔梅雅。我对他说：'我陪您去，我对这些问题很感兴趣。'但我们再也找不到话说了。割下来的黑麦秆扎进我的凉鞋，我的脚被扎得生疼。我感觉他更想一个人待着，或许是为了自由自在地遐想。我提出我们没有谈到安娜，他让我放心，我们无法自由选择谈话或思考的主题。'要不然，'他又骄傲地说，'我们得遵循神秘主义者发明的方法……我们这样的人总是会顺水而流，顺势而为……'就这样，他用当时正在读的书总结了一切。我们约好再见面，要针对安娜的事情制订一项行动计划。他漫不经心地说着话，没有回答我提出的问题，而是俯下身，像个孩子一样给我展示一朵蘑菇，还把鼻子和嘴唇凑了上去。"

七

　　贝尔纳站在门槛上等苔蕾丝回来。"我什么事都没有！我什么事都没有！"他一看到她的裙子出现在黑暗中，便立刻喊道，"你能相信我这么健壮的人会贫血吗？真不可思议，可这是真的，不能只看表面。我得接受治疗……用福勒疗法，也就是要用砒霜；关键是我得恢复食欲。"

　　苔蕾丝回想起来，一开始她没有生气，贝尔纳的一切对她的影响都比以前小了（仿佛它来自远处）。她没有听到他说话，身体和灵魂都被引向了另一个世界，那里住着贪婪的人，他们唯一的希望是去认识和理解，去"变成他们本来的样子"——让·阿泽维多带着深深的满足感重复这句话。在餐桌上，她终于说起了这次见面，贝尔纳对她喊道："你刚才怎么不跟我说？你可真是个怪人！怎么样？你们做了什么决定？"

她立刻临时编了一个计划，这个计划后来被采纳了：让·阿泽维多同意给安娜写封信，以一种温和的方式让她失去所有希望。当苔蕾丝说起小伙子对这桩婚事毫无兴趣时，贝尔纳放声大笑：阿泽维多家的人不想娶安娜·德拉特拉夫！"啊！怎么，你疯了？很简单，他知道自己无计可施；这些人如果确定会输，是不会去冒险的。你还很天真，我的小宝贝。"

因为有蚊子，贝尔纳不想点灯，因此他看不到苔蕾丝的眼神。正如他说的那样，"他的食欲恢复了"。波尔多的这位医生已经救了他的命。

"我经常见让·阿泽维多吗？他在十月底离开了阿热卢斯……或许我们一起散过五六次步；我只记得我们忙着一起给安娜写信那次。天真的男孩停下来思考他自认为有安慰效果的话，但我觉得那些话很可怕，虽然我什么也没跟他说。最后几次散步在我的记忆中都混在一起了。让·阿泽维多为我描绘了巴黎和他的伙伴们，于是我想象有一个王国，那里的法则是'成为自己'。'在这里，您不得不说谎，一直到死。'他是故意说这种话的吗？他在怀疑我什么？按照他的说法，我不可能忍受这种令人窒息的氛围。'您看看，'他对我说，'这广阔而均匀的冰面困住了所有灵魂；时而有一道裂缝出现，黑乎乎的水便露了出来：有人反抗，然后消失；又结了一层冰……因为不管在这里还是在别的地方，每个人出生时都有自己的法则；不管在这里还是在别的地方，每个人的命运都是独特的；然而，我们不得不屈服于这共同的、暗淡的命运；有些人会反抗，于是便导致了悲剧，对此，他们的家庭会保持沉默。就像这里的人会说：不要声张……'

"'啊！对！'我喊道。有时候我会打听这位叔祖，那位祖母，所有的相册里都找不到他们的照片；我从来都听不到答复，除了有一次，有人向我承认：'他消失了……是人们让他消失的。'

"让·阿泽维多是在担心我也会遭遇这种命运吗？他保证，他不会想到要去跟安娜谈论这些事情，她虽然充满热情，但内心十分单纯，不算太倔强，很快就会屈服。'可您呢！我从您说的每句话中都感受到了对真诚的渴求……'需要把这些话原封不动地告诉贝尔纳吗？我真是疯了，竟然指望他能理解！不过至少要让他知道，我并不是没有反抗就投降了。我记得我曾反驳这个男孩，说他熟练地用言语掩饰了自己赞成堕落行为。我甚至回忆了中学时期曾经接受过的伦理教育。'成为自己？'我重复道，'可我们创造了什么样的自己，就会成为什么样的人。'（没必要展开，但或许应该为贝尔纳展开讲讲。）让·阿泽维多不承认还有比自我否定更糟糕的堕落行为。他声称，没有哪位英雄或圣人不是一直审视自我，不是先抵达自己的边界。'需要超越自我，才能找到上帝。'他反复说。还有：'接受自我，就需要我们当中最优秀的人战胜自己，并且是公开地投入战斗，不要诡计。这就是为什么那些获得解放的人

会改信最狭隘的宗教。'

　　"不要跟贝尔纳谈论这种道德的根基 —— 甚至要向他承认，这些可能都是无用的诡辩；但要让他理解，要让他试着理解我这样的女性会受到什么样的影响，以及晚上坐在阿热卢斯的餐厅里时，我感受到了什么。贝尔纳在旁边的厨房尽头脱下靴子，用方言讲着这一天打猎的收获。被捕获的野鸽在挣扎，把扔在桌上的袋子撑了起来；贝尔纳慢慢地吃着饭，为恢复了食欲而感到开心，满怀深情地数着加了几滴福勒溶液。'这就是健康。'他反复说。炉火烧得很旺，到吃甜点的时候，他只需把扶手椅转过来，就能将穿了毡鞋的脚伸到炉火边。他对着《小吉伦特报》闭上了眼睛。有时他会打呼噜，但更多的时候，我甚至听不到他的呼吸声。巴利翁的妻子还趿拉着旧鞋子在厨房里走动，然后拿来了烛台。一片寂静：阿热卢斯的寂静！不了解这块偏僻荒原的人不知道什么是寂静：它包围着屋子，仿佛凝固在了这片茂密的森林里，这里没有任何生物，除了偶尔会听到一只猫头鹰在叫（夜里，我们以为听到了强忍住的哭泣声）。

"阿泽维多走后，我才真正体会到了这种寂静。只要我知道，有一天让会重新出现在我面前，他的存在就会让外面的黑暗变得不再可怕；有他睡在附近，荒原和黑夜就不那么空荡荡了。在他离开阿热卢斯之后，在最后一次见面之后——那次他满怀希望地跟我约好一年以后见面，对我说，到那时我就解脱了。（时至今日，我依然不知道他这句话是随便说的，还是有什么私心；我倾向于认为，这个巴黎人无法忍受寂静，无法忍受阿热卢斯的寂静，他仰慕我，把我当成了唯一的听众。）离开他之后，我觉得自己走进了一条没有尽头的隧道，陷入了越来越浓的黑暗中；有时我会想，在窒息之前，我究竟能不能到达有自由空气的地方。一直到我一月分娩，什么都没有发生……"

到这里，苔蕾丝犹豫了一下；她努力不去想让离开的第二天，阿热卢斯的房子里发生了什么。

"不，不，"她想，"这跟我马上要跟贝尔纳解释
的事情毫无关系；我没有时间了，不能再把时间
浪费在这些毫无结果的线索上了。"可思绪很任
性，没法阻止它到处漫游：苔蕾丝无法把十月的
这个夜晚从记忆中抹除。贝尔纳在二楼脱衣服；
苔蕾丝要等柴火烧尽以后再去找他，她很高兴能
独自待一会儿。这个时候让·阿泽维多在做什么？
或许他在他提过的那家小酒吧里喝酒；或许（夜
色如此温柔）他正跟一位朋友一起，驱车行驶在
僻静的布洛涅森林里。或许他在书桌前工作，巴
黎在远处轰鸣。寂静，就是他创造出来的，是他
战胜了世界的喧嚣后赢得的；这份寂静不是外界
强加给他的，不像令苔蕾丝窒息的那种寂静；这
份寂静是他的作品，不会延伸到比灯光和摆满了
书的书架更远的地方……苔蕾丝这么想着，这时
狗大叫起来，然后呻吟了几声，前厅里一个熟悉
的、筋疲力尽的嗓音让它平静了下来：安娜·德
拉特拉夫打开门；她是夜里从圣克莱尔走回来的，
鞋子上沾满了污泥。在她变得衰老的小脸上，眼

睛闪闪发亮。她把帽子扔到一张扶手椅上，问道："他在哪儿？"

苔蕾丝和让写好信送到了邮局，以为这件事就此了结，却远远没有想到安娜会无法释怀，仿佛一个人在遇到性命攸关的问题时会选择屈从于道理，屈从于说理！她躲过母亲的看管，跳上了一列火车。在阿热卢斯昏暗的小路上，树顶之间明亮的一线天空指引她前进。"她只想再见他一面；如果能再见到他，他就会再度被征服；必须再见到他。"她跟跟跄跄，急于赶到阿热卢斯，在车辙里扭伤了脚。现在苔蕾丝告诉她，让已经走了，他在巴黎。安娜摇了摇头，她不相信苔蕾丝的话；为了不至于因疲惫和绝望而倒下，她只能不相信苔蕾丝的话。

"你在说谎，就像你以前一直说谎一样。"

苔蕾丝正想反驳，她又补充道：

"啊！你啊，你也有家族精神了！你一直装出一副无拘无束的样子……可结婚以后，你立刻变成了这个家的女人……对，对，这是自然：你以为你做得对；你背叛我是为了挽救我，对吧？你不用解释了。"

她重新打开门，苔蕾丝问她要去哪里。

"去维尔梅雅，去他家里。"

"我再跟你说一遍，他两天前就离开了。"

"我不相信你。"

她出了门。苔蕾丝点燃挂在前厅的提灯，赶上了她。

"你走错路了，我的小安娜；这是去比乌尔热的路。去维尔梅雅得走那边。"

她们穿过笼罩着草原的浓雾。狗都醒了。这里就是维尔梅雅的橡树林，房屋并非在沉睡，而是已经死了。安娜绕着这座空坟墓转，用两只拳头敲门。苔蕾丝把提灯放在草丛里，呆呆地站着。她看到朋友轻飘飘的影子贴在一楼的每一扇窗户上。安娜可能在重复一个名字，但没有大喊，她知道喊也没用。过了一会儿，房屋挡住了她；她又出现了，再次走到门前，在门槛上滑了一下，胳膊抱住膝盖，挡住了脸。苔蕾丝把她扶起来，拉着她离开。安娜跟跟跄跄，重复着："我明天早上就去巴黎。巴黎没有那么大；我会在巴黎找到他的……"但她的语气像个用尽了力气抵抗，已经放弃的孩子。

贝尔纳被她俩说话的声音吵醒了，穿上睡衣在客厅里等她们。苔蕾丝不该把兄妹之间的这场争吵从记忆中驱逐出去。那个男人粗暴地抓起一个筋疲力尽的小姑娘的手腕，把她拖到三楼的一个房间里，锁上了门——那是你的丈夫，苔蕾丝，再过两小时，这个贝尔纳会成为你的法官。家族精神激励着他，让他毫不犹豫。在任何情况下，他都知道怎么做最符合家族利益。你忧心忡忡地准备着长长的辩词，可只有毫无原则的男人才会屈从于奇怪的理由。贝尔纳才不会在乎你的理由："我知道我要做什么。"他永远知道要做什么。如果他犹豫了，他就说："我们家里讨论过了，我们断定……"他已经准备好了判决，难道你不相信吗？你的命运已经永远地决定了：你还是睡一会儿吧。

八

　　德拉特拉夫夫妇把认输的安娜带回了圣克莱尔，在那之后，直至临近分娩，苔蕾丝都没有再离开过阿热卢斯。在十一月无边无际的黑夜里，她经历了真正的寂静。她给让·阿泽维多写了封信，一直没有收到回复。或许他觉得，这个外省女人不值得自己费心写信。首先，怀了孕的女人从来不会给人留下好印象。或许隔了一段时间，他觉得苔蕾丝平平无奇，这个傻瓜，要是她虚情假意，故作姿态，说不定会留住他！可面对她那令人迷惑的单纯，那直率的目光，那洒脱的举止，他能理解吗？说真的，他可能觉得苔蕾丝会跟小安娜一样，相信他所有的承诺，愿意舍弃一切追随他。让·阿泽维多不信任那些过早交出灵魂，不等进攻者发起围攻就投降的女人。他最害怕的就是胜利和胜利的果实。苔蕾丝却努力生活在这个男孩的世界里；她让人从波尔多买来了让喜欢的书，可是她似乎读不懂。她真是闲得难受！也不能让她做婴儿的衣服。"她不擅长这个。"德拉特拉夫夫人反复说。在乡下，很多女人死于难产。苔蕾丝断定她的结局会跟母亲一样，她确定自己逃脱不了这种命运，这些话把克拉拉姑姑弄哭了。她还不忘加上一句："死了也无所谓。"撒谎！她从来没有像现在这样强烈地想要活着；贝尔纳也从来没有这样关心过她。"但他担心的不是我，而是我肚子里的孩子。他用可怕的口音唠叨个不停，可又有什么用呢：'再吃点土豆泥……不要吃鱼……你今天走得够多了……'我没有被触动，就像外面请来的乳母听到别人关心她奶水的质量时一样无动于衷。德拉特拉夫夫妇把我尊为一件圣器，一个储藏他们后代的容器；毫无疑问，如果有必要，他们会为了胎儿牺牲我。我不再有作为个体而存在的感觉。我只是一根枝条；在这家人眼里，只有我肚子里的果实是重要的。"

"一直到十二月底，都得生活在这种黑暗里。无休无止的雨在阴暗的房子周围筑起几百万道活生生的栅栏，仿佛松树还不够多似的。去圣克莱尔唯一的路快要无法通行之后，我被带到了镇上的房子里，那座房子比阿热卢斯的稍微明亮一点点。广场上古老的法桐的叶子在风雨中飘摇。克拉拉姑姑没有办法生活在阿热卢斯之外的地方，她不愿意搬到我身边；但她经常坐着她那辆'合乎车辙'的轻便马车来看我，风雨无阻，她给我送来我少女时代很喜欢吃的那种甜食，她以为我现在还喜欢吃。那是一种用黑麦和蜂蜜做的灰色的丸子，叫'米克'；还有叫'富加斯'或'卢马扎德'的糕点。[1] 我只有在吃饭的时候才能见到安娜，她不跟我说话了。屈服之后，她似乎也变得

1　"米克"原文为"miques"；"富加斯"原文为"fougasse"，法国西南部的一种圆形点心，类似法国中部奥弗涅地区的"fouace"（烤饼）；"卢马扎德"原文为"roumadjade"。

落魄起来，一下子失去了活力。她的头发梳得很紧，露出了苍白、难看的耳朵。没有人再提小德吉扬，可是德拉特拉夫夫人说，虽然安娜还没有点头，但也不再反对了。啊！让没有看错她：对她严加管束，让她守规矩，根本花不了多少时间。贝尔纳的身体没有那么好了，因为他又开始喝开胃酒了。这些人在我身边谈论什么？我记得，他们经常谈论本堂神父（我们就住在神父的宅子对面）。例如，他们会想：'他为什么要一天四次穿过广场，每次都从另一条路回来……'"

让·阿泽维多的几句话，让苔蕾丝格外关注起这位还算年轻的神父，他不跟教区的信众交流，他们觉得他很骄傲："我们这里需要的不是这种人。"在他为数不多的拜访德拉特拉夫夫妇的过程中，苔蕾丝观察了他发白的鬓角和高高的额头。他一个朋友也没有，是如何度过漫漫长夜的？他为什么选择了这种生活？"他十分严谨，"德拉特拉夫夫人说，"每天晚上都做礼拜，但他不够热忱。我觉得他不是那种所谓虔诚的人。至于做慈善，他根本不管。"他解散了教养院的铜管乐队，她觉得很惋惜；父母们则抱怨他不再陪孩子们去足球场："他总是埋头苦读，这可不好，他很快就会失去这个教区的。"苔蕾丝想听他讲道，于是经常去教堂。"你偏偏在这个时候决心要去，亲爱的，这种情况下可以不去的。"神父的布道里涉及很多教义教理，缺乏感情。但苔蕾丝会关注到他声调的变化，或者是一个动作；有时，一个词突然显得庄重起来……啊！他本来或许可以帮她把乱糟糟的内心世界清理干净的。和别人不同，他的处境或许也很悲惨；他不仅内心孤独，身边的人还给他穿上了这件长袍，在他周围制造出一片荒漠。他能从这些日常仪式中得到什么安慰呢？苔蕾丝想去参加平日的弥撒，那时除了唱诗班的孩子，没有其他人在场，他弯腰对着一块面包在嘟囔什么。家人和镇上的人都觉得这个举动很奇怪，大家喊着说他是在改宗。

如果说，这个阶段的苔蕾丝痛苦不堪，那么

从分娩的第二天开始，她是真的无法忍受生活了。表面上什么都看不出来；她和贝尔纳从不吵架，她比丈夫更尊重公婆。这就是悲哀的地方：没有理由决裂，想不到有什么事会阻止一切照常发展，直至死亡。不和意味着还有产生冲突的场合。可苔蕾丝根本见不到贝尔纳，更见不到公婆；他们的话进不到她的耳朵里，她也不会想到要去回答。他们还有共同语言吗？他们赋予了重要的字眼不同的意义。如果苔蕾丝不小心喊出什么肺腑之言，这家人就会认定，这个年轻女人喜欢说俏皮话。"我假装没听到，"德拉特拉夫夫人说，"如果她坚持，我就假装不在意；她知道我们不会相信……"

然而，德拉特拉夫夫人还是难以忍受苔蕾丝的装腔作势——苔蕾丝无法接受别人感叹她跟小玛丽很像。就算是习惯性的感叹（"这一点，您无法否认……"），也会让这个年轻女人产生一些她并不总是能掩饰过去的强烈感情。"这孩子跟我一点都不像，"她坚持说，"看看这棕色的皮肤，这乌黑的眼睛。再看看我的照片，我以前可是个苍白的小女孩。"

她不希望玛丽长得像她。自从这块肉从她身上掉下来以后，她就不想再跟她有任何共同点。有谣言说，她并没有感受到多少做母亲的情感。但德拉特拉夫人坚持说，苔蕾丝以自己的方式爱着女儿："当然，不能要求她照顾女儿洗澡或者换尿布，这些事她做不到；但我看到她整晚整晚地坐在摇篮旁边，忍着不吸烟，看着宝宝睡觉……而且我们的保姆很靠谱，安娜也在。啊！那个姑娘，我向您发誓，她会是一个很好的妈妈……"自从孩子降生以来，安娜确实开始了新生活。女人总是会被摇篮吸引，可安娜怀着比任何人都深沉的喜悦抚摸着孩子。为了能更自由地进出孩子的房间，她跟苔蕾丝和好了，但除了一些亲密的举动和称呼以外，两人间昔日的柔情已经荡然无存。年轻女孩特别担心作为母亲的苔蕾丝会嫉妒："比起母亲，宝宝更熟悉我。只要一看到我，她就会笑。有一天，我把她抱在怀里，苔蕾丝想把她抱走时，她就开始吼叫。她更喜欢我，有时候甚至让我觉得尴尬……"

安娜不该觉得尴尬。在人生的这个阶段，苔蕾丝对女儿感到疏远，就像对其他事情一样。她觉得芸芸众生、万事万物，还有她自己的身体和精神，都像是一个幻影，一片飘浮在她之外的雾气。只是，在这种虚无里，贝尔纳代表着一种可怕的事实：他的肥胖，他的鼻音，还有他那种不容置辩的语气，那种自鸣得意。离开这片天地……可是要怎么离开？又要去哪里？刚热了几天，苔蕾丝就感到苦不堪言。没有任何迹象显示她要做出什么事来。那一年发生了什么？她不记得任何事件，任何争吵；她只记得在基督圣体节那天，她透过半掩的百叶窗观察着游行的队伍，心里比平时更厌恶丈夫。华盖后面，几乎只有贝尔纳一个人。村子里瞬间变得空荡起来，仿佛人们在大街上放了一头狮子，而不是一只羔羊……人们都躲了起来，这样就不用脱帽致敬或者下跪了。危险过去之后，他们才陆续打开了门。苔蕾丝盯着神父，他往前走的时候几乎闭着眼睛，双手捧着那个奇怪的东西。他的嘴唇在动：他神情痛苦，是在跟谁说话？紧随其后的是贝尔纳，他在"履行职责"。

一连几周没有落一滴雨。贝尔纳生活在对火灾的恐惧中，重新"感到"心脏不舒服。卢沙附近五百公顷的森林被烧毁了。"如果风从北方来，我在巴利萨克的松林就保不住了。"苔蕾丝等待着，不知道这无法改变的天空会带来什么。再也不下雨了……有一天，周围的森林都会噼噼啪啪地燃烧，连镇子也不能幸免。为什么荒原上的村子从来不会发生火灾呢？火焰总是选择松树，而不是人，她觉得这不公平。家里人无休无止地讨论起火的原因：是有人扔了一根烟头？蓄意放火？苔蕾丝幻想着自己在某个夜晚起身，走出家门，走进最茂盛的树林，把烟头扔在地上，直到浓烟污染了黎明的天空……但她驱散了这个想法，她从骨子里爱着松树；她恨的不是树。

现在该直面自己做的那件事了。要怎么跟贝尔纳解释？没有别的选择，只能一点一点告诉他事情是如何发生的。是马诺发生大火那天。他们一家正匆忙地吃午饭时，几个男人走进了餐厅。有人说大火离圣克莱尔还很远，另一些人则坚持要敲响警钟。烈日下，树脂燃烧发出的气味弥漫开来，太阳也仿佛被玷污了。苔蕾丝还记得，贝尔纳转过头，听着巴利翁汇报，他那只悬在杯子上方的毛茸茸的大手忘了停下来，福勒溶液滴进了水里。他一口气把药灌了下去，而热昏了头的苔蕾丝没想到要提醒他，这次的剂量是平时的两倍。所有人都离开了餐桌，除了她，她刚刚剥开新鲜的扁桃，她不在乎这场骚动，觉得很奇怪，也不关心这场闹剧，就像不关心跟自己无关的所有闹剧一样。警钟没有敲响。贝尔纳终于回来了："这一次，你没有激动是对的：着火的是马诺那边……"他又问道："我喝过药水了吗？"没等苔蕾丝回答，他又往杯子里加了几滴。她出于懒惰没有说话，也可能是出于疲惫。那一分钟，她希望发生什么呢？"我的沉默不可能是预谋好的。"

可是，那天夜里，当贝尔纳在床边又吐又哭，珀德迈医生问苔蕾丝白天发生了什么事时，她只字未提在餐桌上看到的情况。可是，提醒医生注意贝尔纳服用了砒霜是件很容易的事，而且不会连累到她。她本可以这么说："我当时也没有意识到……我们全都被火灾吓坏了……可现在我发誓，他服下了双倍的剂量……"她没有说话；她有说点什么的意愿吗？午饭时，那个在她不知情的情况下钻进她身体里的行动，这时开始从她的身体深处浮现——虽然还未成形，但她已经模糊地意识到了。

医生走后，她看着终于睡着的贝尔纳，心想："没有任何证据证明就是这个导致的；可能是阑尾炎发作，虽然没有任何别的症状……或者是流感。"但贝尔纳第三天就能下床了。"有可能是这个。"苔蕾丝不确定，她希望能够确定。"是的，我一点也不觉得自己受到了可怕的诱惑，我只是想要满足这种有点危险的好奇心。第一次在贝尔纳进入客厅前往他的杯子里滴福勒溶液时，我记得我反复对自己说：'就一次，为了让心里有个底……我要弄清楚这是不是他生病的原因。就这一次，后面不会了。'"

火车减速，发出长鸣，接着继续前进。黑暗中出现了两三盏灯：到圣克莱尔站了。可苔蕾丝没有什么要考虑的了；她堕入了罪恶巨大的深渊，她被罪恶吸了进去。接下来的事，贝尔纳跟她一样清楚：他突然又犯了病，苔蕾丝整日整夜地照顾他，虽然她显得筋疲力尽，什么东西都咽不下去（以至于他劝她试试福勒疗法，于是她让珀德迈医生开了一张处方）。可怜的医生！他惊异于贝尔纳吐出来的绿色液体，他想不明白为何病人的脉搏和体温可以这样矛盾。他曾多次注意到，副伤寒病人虽然高烧，但脉搏平稳；可贝尔纳的脉搏急促，体温却低于正常值，这又意味着什么呢？可能是流感：感冒了意味着什么都有可能发生。

　　德拉特拉夫夫人想请一位有名的医生来会诊，但不想得罪珀德迈医生，他是家里的老朋友了。而且，苔蕾丝也怕刺激贝尔纳。可是，到了八月中旬，在一次更令人不安的发作之后，珀德迈自己也想听听同行的意见。幸运的是，到了第二天，贝尔纳的状况有所好转；三周之后，大家都说他康复了。"我躲过了一劫，"珀德迈说，"如果那位名医有时间过来，这次治疗的所有功劳就归他了。"

　　贝尔纳让人把他送到了阿热卢斯，希望通过猎野鸽恢复健康。那段时间，苔蕾丝很累。克拉拉姑姑得了急性风湿病，下不了床；一切都落在了年轻女人身上：两个病人、一个孩子，还不算克拉拉姑姑留下的干了一半的活儿。苔蕾丝满怀善意地接替她，去照顾阿热卢斯的穷人。她走遍了各家的农庄，跟姑姑一样负责让人照着处方吃药，还自己掏钱给他们抓药。看到维尔梅雅的农庄一直关着，她没有感到难过。她不再想让·阿泽维多，也不再想世界上的任何人。她独自穿过一条隧道，感到眩晕；她正在最阴暗的地方。她得像个野蛮人一样，不加思考，走出黑暗，走出烟雾，抵达自由的空气，快！快！

十二月初，贝尔纳的病情再次发作，他被击垮了。一天早上，他哆嗦着醒来，腿动弹不得，失去了知觉。至于接下来的事！某个晚上，德拉特拉夫先生把那位会诊医生从波尔多请过来了；检查完病人之后，他沉默了很久（苔蕾丝举着灯，巴利翁的妻子还记得她的脸色比床单还要白）。在昏暗的楼道里，珀德迈医生压低了声音，因为苔蕾丝在听；他跟这位同行解释说，药剂师达尔凯给他看了两张被篡改过的处方。在第一张上，一只罪恶的手加了"福勒溶液"，另一张上列了足够大剂量的三氯甲烷、洋地黄和乌头碱。巴利翁把这两张处方拿到了药店，同时还拿了很多张其他的处方。达尔凯因为交付了这些毒药而备受折磨，第二天就跑到了珀德迈医生那里……是的，这一切，贝尔纳跟苔蕾丝一样清楚。一辆救护车把他紧急送到了波尔多的一家诊所。从那天起，他开始好转。苔蕾丝一个人留在阿热卢斯。虽然孤独，她还是听到周围谣言四起，就像一头蜷缩着身子的野兽听到一群猎犬在逼近；她像疯跑了一段路一样疲惫不已——仿佛在靠近终点，已经伸出手臂的时候，突然扑倒在地上，累断了腿。冬末的一个晚上，她父亲来找她，恳求她为自己辩解。一切还有挽回的余地。珀德迈医生已经同意撤诉，声称他不再确定其中一张处方是否完全出自他手。至于另一张——他不可能开这么大剂量的乌头碱、三氯甲烷和洋地黄；可既然在病人的血液里没有发现这些药物的痕迹……

苔蕾丝回想起跟父亲在克拉拉姑姑床前的那次争吵。炉火照亮了房间；没有人想去开灯。她用孩子背书一般单调的声音（睡不着的时候，她会反复温习这篇功课）解释道："我在路上遇到了一个人，他不是阿热卢斯的，他对我说，既然我派人去达尔凯那里，他希望我能帮他捎上这张处方；他欠了达尔凯的钱，因此不愿意出现在药店……他承诺到我家里来取药，但是既没有留下名字，也没有留下地址……"

"再想想别的办法，苔蕾丝，我代表整个家族求你了。再想个别的说辞吧，你这可怜虫！"

拉罗克固执地重复着他的恳求；聋姑姑靠着枕头半躺着，她感到苔蕾丝正面临致命的威胁，于是呻吟道："他跟你说了什么？他们想让你干什么？他们为什么要伤害你？"

她勉强对姑姑微微一笑，拉着她的手，像一个上教义问答课的小姑娘一样背诵道："那是我在路上遇到的一个男人；天太黑了，我看不清他的脸；他没有跟我说他住在哪个农庄。"有天晚上，他把药取走了。可惜家里没有人注意到他。

九

终于到圣克莱尔了。苔蕾丝下车时，没有人认出她。巴利翁去检票的时候，她绕着车站走了走，穿过成堆的木板，走到了马车停靠的公路上。

现在，这辆马车成了她的避难所；道路坑坑洼洼，她不怕遇到任何人。她煞费苦心重新组织起来的故事，此刻崩塌了：准备好的忏悔词烟消云散了。不，不用说什么为自己辩护，甚至不用给理由；最简单的办法就是闭嘴，或者别人问什么就答什么。她怕什么？这一夜会过去的，就像所有的夜晚一样；明天太阳依然会升起：不管发生什么事，她都确定自己可以脱身。除了这种冷漠，除了这种把整个世界和她本人隔绝开来的绝对的疏离，不会有更糟糕的事发生了。有，还有虽生犹死：她品尝到了一个活人所能品尝到的最浓烈的死亡的味道。

在道路拐角处，她那习惯了黑夜的眼睛认出了那座庄园，那里有几幢低矮的房屋，仿佛几头沉睡的野兽。以前，安娜总是害怕一条狗蹿到她的自行车轮子里去。远处，桤木生长在洼地中；在最炎热的日子里，这里稍纵即逝的凉意会拂过少女灼热的脸颊。一个孩子骑着自行车，他的牙齿在遮阳帽下闪闪发光，车的铃声响起，他喊道："快看！我要松开手了！"这模糊的画面吸引了苔蕾丝，在逝去的日子里，她在这里找到了安放她那精疲力竭的心的地方。她随着马儿快步前进的节奏，机械地重复着："我的人生徒劳无益 —— 我的人生一片虚无 —— 孤独无边无际 —— 命运没有出口。"啊！唯一可行的举动，贝尔纳不会做。但愿他能敞开怀抱，什么都不要问！但愿她能把头倚在一个人的胸膛上，但愿她还能靠着活人的身体哭泣！

她瞥见田野里的一道斜坡，在一个炎热的日子里，让·阿泽维多曾坐在那里。真想不到，她竟会以为这世上有一个地方，能让她幸福地生活在理解她的人中间，被人欣赏，被人爱！可孤独紧紧跟随着她，甚于麻风病人摆脱不了溃疡。"没有任何事会对我有利，也没有任何事会对我不利。"

"先生和克拉拉小姐来了。"

巴利翁勒住缰绳。两个黑影走了过来。贝尔纳依然很虚弱，但还是来接她了，他迫不及待地想知道结果。她半站起身，远远地喊道："撤销诉讼！"没有别的回复，只有一句："这是意料之中的。"贝尔纳把姑姑扶上马车，接过缰绳。巴利翁步行回去。克拉拉姑姑坐在这对夫妻中间。得对着她的耳朵喊，一切都处理好了（对于这场闹剧，她只是隐隐约约地知道一点）。像往常一样，聋姑姑又开始上气不接下气地说话；她说他们总是用同一套策略，这简直是德雷福斯事件重演："诽谤吧，诽谤吧，总能找到点什么的。他们厉害得很，共和主义者不该放松警惕。只要给他们一刻喘息之机，这些无耻的家伙就会跳到你头上……"她叽叽喳喳地说个不停，夫妻俩正好不用说话了。

克拉拉姑姑气喘吁吁，手里拿着烛台爬上了台阶：

"你们不去睡觉吗？苔蕾丝应该累坏了。你房间里有一杯汤，还有冷了的鸡肉。"

但夫妻俩依然站在前厅里。老太太看到贝尔纳打开客厅的门，侧身走到苔蕾丝前面，然后消失了。要不是聋了，她早就把耳朵贴过来听了……可是用不着提防她，她被活生生地囚禁在了这里。她吹灭蜡烛，摸索着回到楼下，凑到钥匙孔前窥视着：贝尔纳拿过来一盏灯；他被照得很亮的脸看起来既慌乱又庄严。姑姑看见了坐下来的苔蕾丝的背影，她把大衣和帽子扔在了一把椅子上；火将她湿了的鞋子烤得直冒热气。过了一会儿，她朝丈夫转过头，老太太很高兴看到苔蕾丝在微笑。

苔蕾丝微微一笑。在空间和时间的短暂间隙里，在马厩和房子之间，她走在贝尔纳身边，突然明白，或者说以为自己明白了，她得做点什么。可这个男人一靠近，她想要解释自己的想法、向他倾诉的希望便破灭了。我们最熟悉的那些人一旦不在场，便会在我们心里变得面目全非！在这整段路上，她在自己没意识到的情况下，努力重新塑造出一个能理解她，能尝试理解她的贝尔纳的形象。可是，第一眼见到他，他就现了原形：这个人一生中从未设身处地为他人着想过；他从来不知道要努力摆脱偏见，去看看别人在想些什么。贝尔纳真的会听她说话吗？他在低矮、潮湿的大房间里走来走去，发霉的地板在他脚下吱嘎作响。他没有看妻子，满脑子都是早就想好的话。苔蕾丝也一样，她也知道自己要说什么。最简单的办法往往是我们从未想过的那个办法。她要说："我会消失，贝尔纳。不用担心我。如果你愿意，我马上就消失在黑夜里。我不害怕森林，也不害怕黑暗。它们了解我，我们互相了解。我的形象就是根据这片干燥的土地创造出来的；这里没有什么东西能活下来，除了飞鸟和流浪的野猪。我同意被抛弃；把我所有的照片都烧掉吧。连我的女儿都不会知道我的名字，我在家人眼里就像从来没存在过一样。"

苔蕾丝已经开了口，她说：

"让我消失吧，贝尔纳。"

听到她说话的声音，贝尔纳转过身子。他从房间的另一头冲过来，脸上青筋暴起，结结巴巴地说：

"什么？你还敢发表意见？还敢许愿？够了。别再说了。你听着就行。按我说的办，服从我的决定，不得更改。"

他说起早就精心准备好的话，不再结巴。他靠着壁炉，语气严肃，从口袋里拿出一张纸翻看起来。苔蕾丝不再害怕了，她想嘲笑他，他真滑稽。他的口音那么难听，在圣克莱尔之外无人不嘲笑；不管他说什么，她都要走。为什么要闹这么一场呢？如果这个蠢货从活着的人中间消失，可谓无足轻重。她注意到，他握着纸片的手在颤抖，他的指甲没有修剪，他没戴袖套，他是那种从未见过世面的可笑的乡下人，他的生活对任何事业、任何思想、任何人来说都不重要。出于习惯，人们会对一个人的存在无比重视。罗伯斯庇尔说得对；还有拿破仑、列宁……他看到她微微一笑，生气地抬高了嗓门，她不得不听着：

"我，我会控制你；你明白吗？你得服从这个家做出的决定，否则……"

"否则……怎么样？"

她不想再假装不在乎了，她用虚张声势又嘲讽的语气喊道：

"太晚了！你已经为我做证了，你不能变卦了。你会被判伪证罪的……"

"总能发现新线索的。这个从未公布的证据，我把它藏在了我的写字台里。根本就没有时效限制，谢天谢地！"

她颤抖着，问道：

"你想让我怎么样？"

他看了看笔记，在这几秒钟里，苔蕾丝一直聆听着阿热卢斯不寻常的寂静。公鸡打鸣的时刻还远未到来；没有一条溪流在这荒漠之中流淌，没有一阵风吹动不计其数的树梢。

"我不会在个人的顾虑面前让步。我呢，我会躲在一边，只有家族的利益最重要。家族的利益始终左右着我所有的决定。为了家族的荣誉，我同意欺骗这个地方的司法机构。上帝会对我做出审判。"

他故作庄重的语气让苔蕾丝感到不舒服。她想请他说得更简单一些。

"为了家族的利益，要让大家觉得我们还在一起，我得在他们面前装作从来没有怀疑过你是无辜的。另一方面，我想尽可能保护自己……"

"我让你害怕了吗，贝尔纳？"

他嘟囔道："害怕？不，是厌恶。"接着又说：

"我们速战速决，一次性说清楚：明天，我们就离开这座房子，搬到旁边德斯盖鲁家的房子里去；我不想让你姑姑住在我家里。你的饭菜将由巴利翁的妻子送到你房间去。你不能进入任何其他房间；但如果你想跑去森林里，我不会阻拦。每个星期天，我们一起去圣克莱尔的教堂里做弥撒。得让大家看到你挽着我的胳膊。每个月的第一个星期四，我们会坐敞篷马车去 B 市赶集，跟以前一样去你父亲家。"

"那玛丽呢？"

"玛丽明天跟保姆一起出发去圣克莱尔，我母亲会把她带到南方。我们会找一个健康方面的理由。你总不会指望我们把她留给你吧？得把她也保护起来！等我死了，她到二十一岁的时候会继承财产。丈夫死后，再害孩子……怎么不会呢？"

苔蕾丝站起身，强忍着才没有喊出来：

"所以你觉得我是为了松树才……"

她的行为有无数个隐秘的动机，而这个傻瓜一个都没发现，却编了一个最卑鄙的理由：

"自然是因为松树……为什么是这个？用排除法就够了。我敢肯定你说不出别的动机……不过，这不重要，我也不感兴趣；我不再冥思苦想了。你什么都不是了；重要的只有你的姓氏，唉！再过几个月，大家就会相信我们依然和睦，安娜会嫁给小德吉扬……你知道，德吉扬家要求推迟婚期，他们要再想一想……到那时候，我就可以住到圣克莱尔去了，你自己留在这里。就说你神经衰弱，或者别的什么……"

"比如说，疯了？"

"不，那样会影响玛丽。总能找到说得过去的理由。就这样吧。"

苔蕾丝低语道："留在阿热卢斯……直到死去……"她走到窗前，打开了窗。这时，贝尔纳感受到了发自内心的喜悦；这个女人一直让他不安，让他受辱，看看他今天晚上是怎么控制她的！她应该感受到了鄙视！他为自己的克制感到骄傲。德拉特拉夫人一直告诉他，他是个圣人；整个家族都夸赞他有高尚的灵魂：他第一次感受到了这种高尚。在疗养院里，别人小心翼翼地告诉他，苔蕾丝想谋害他，而他呢，毫不费力地保持着冷静，这一点让他收获了很多赞美。对没有能力去爱的人来说，不存在什么真正严重的事。因为没有爱，在如此重大的危险解除之后，贝尔纳也只是感受到了一种令人心惊胆战的喜悦：当一个人终于被告知，多年来自己一直跟一个狂躁的疯子亲密相处，他能感受到的就是这种喜悦。可是这天晚上，贝尔纳感受到了力量；他掌控了人生。他感慨道，没有任何困难能阻碍一个正直而理智的人；甚至在遭受这样的风暴后的第二天，他还坚称人永远不会不幸，除非是他自己犯了错。面对最糟糕的闹剧，他也像对待随随便便哪件事一样处理好了。这件事几乎没人知道，他的面子保住了，别人不会再怜悯他了，他也不希望受人怜悯。在自己拥有话语权的情况下，娶了一个怪物又有什么丢脸的呢？单身汉的生活也有好处，而且，奇妙的是，濒死的体验让他更热爱财产、打猎、汽车和吃喝了：活下来了，终于！

　　苔蕾丝站在窗前；她看到了一点白色的沙砾，闻到了用来拦住羊群的栅栏那边的菊花香。远处，黑压压的橡树遮住了松树，可松脂的气味仍弥漫在夜色中。它们像敌军一样，虽然看不见，但近在咫尺，苔蕾丝知道它们环绕着这幢房子。她听到这些守卫发出沉闷的呻吟，这些守卫也看到她在漫长的冬日里无精打采，在酷热的日子里喘息；它们会目睹她慢慢窒息。她关上窗户，走近贝尔纳。

"所以你觉得你能强迫我留下？"

"随你的便……但你要清楚，你只有捆住手脚才能从这里离开。"

"太夸张了！我了解你，你不要装得这么凶。你不会让家族蒙受这份耻辱的！我很放心。"

于是，这个仔细权衡过一切的男人向她解释道，离开也就意味着承认自己有罪。在这种情况下，家族为了避免蒙受耻辱，就只能当着众人的面，把生了坏疽的肢体切除掉，丢弃它，拒绝承认它。

"这就是我母亲一开始希望我们选择的方法，你想想吧！我们当时想让审判正常进行下去，如果不是为了安娜和玛丽……不过，现在还有时间。

不用急着回答。我可以等你到天亮。"

苔蕾丝低声说:

"我还有父亲。"

"你父亲?我们可是完全达成了一致。他也有他的职业,他的党派,他代表的观点:他只想把丑闻压下来,不惜一切代价。你至少要对他为你做的事心怀感激。如果说预审很草率,那都得感谢他……而且,他应该也正式跟你表达过他的愿望了……没有吗?"

贝尔纳没有提高嗓音,几乎变得礼貌起来。这并不是因为他有丝毫的怜悯之心,而是因为他已经听不到这个女人的呼吸声了,她终于倒下了。她认清了自己的真实处境。一切都已恢复正常。要是换了别人,他的幸福可承受不了这样的打击:贝尔纳成功纠正了一切,他为此感到自豪;谁都会犯错。而且,在苔蕾丝这件事上,所有人都错了,甚至连一向能对身边的人迅速做出判断的德拉特拉夫夫人也不例外。因为现在的人不再充分考虑原则;他们不再相信苔蕾丝接受的那种教育有什么风险。她是个怪物，这是自然，可是说也没有用，如果她相信上帝……恐惧是理智的开始，贝尔纳这么想着。他还想到，镇上的人迫不及待想要看看他们有多丢人，而到了星期天却会看到这对夫妻如此和谐，该是多么失望！他真想让星期天赶紧到来，去看看这些人的嘴脸！……而且，法律上也没什么过失。他拿起灯，抬起手臂，照亮了苔蕾丝的后颈：

"你还不上楼？"

她好像没有听到。他出去了，把她留在黑暗中。克拉拉姑姑还蹲在第一级台阶上。老太太盯着他看，于是他勉强笑了笑，抓住她的胳膊，想把她扶起来。但她不愿意，像一条靠在临终的主人床前的老狗。贝尔纳把灯放在方砖地上，在聋姑姑的耳边喊道，苔蕾丝已经感觉好多了，但她想自己待一会儿，然后再去睡觉。

"你知道的，她的脾气就是这么怪！"

是的，姑姑知道：在苔蕾丝只想自己待着的

时候，她总会不凑巧地闯进这个年轻女人的房间。很多时候，老太太刚把门打开一条缝，就能感觉到自己惹人烦了。

她挣扎着站起来，抓着贝尔纳的胳膊，回到她位于大客厅上方的房间。贝尔纳跟在她身后，小心地点燃了桌上的蜡烛，吻了吻她的额头，然后离开了。姑姑的目光没有离开过他。她听不到人说话，能从他们的脸上解读出什么？她估摸着贝尔纳已经回到房间，于是轻轻地打开了门……可他还站在楼梯平台上，倚着扶手，在卷一支烟；她急忙回到屋里，双腿颤抖，气喘吁吁，连脱衣服的力气都没有。她躺在床上，睁着眼睛。

+

　　客厅里，苔蕾丝坐在黑暗中。灰烬下面还有木头在燃烧。她没动。从她的记忆深处浮现出她在旅途中准备好的忏悔的碎片，可惜现在已经太晚了；但为什么要责备自己没有用上它呢？说真的，这个精心编造的故事与现实毫无关联。她把年轻的阿泽维多的谈话看得那么重，真是愚蠢！仿佛那能有一丝一毫的分量似的！不，不，她遵守了一条深刻的法则，一条无法打破的法则。她没有摧毁这个家族，因此她即将被摧毁；他们有理由视她为猛兽，可她同样觉得他们可怕至极。虽然表面上什么也看不出来，他们会用一种缓慢的方法除掉她。"从今往后，家族这台强大的机器就要把火力对准我了，而我既不知道如何阻止它，也不知道如何及时从齿轮间脱身。找什么理由都没用，除了这个：'因为是他们，因为是我……'戴上面具，保全颜面，欺骗他人，在将近两年的时间里，我是这样做的，我想其他人（跟我一样的人）很可能会一直坚持到死，或许适应了以后就能得到拯救，习惯会麻醉他们，让他们昏头昏脑，在如母亲般无所不能的家庭的怀抱里沉睡。可是我呢，可是我呢，可是我呢……"

她站起身，打开窗户，感受到了黎明的寒意。为什么不逃走？只要翻过这扇窗就可以。他们会追赶她吗？会把她再交给法院吗？这是个机会，值得一试。什么都比这无穷无尽的痛苦要好。苔蕾丝已经拖来一把扶手椅，靠在窗边。可她没有钱，拥有几千棵松树又有什么用：贝尔纳不出面，她一分钱都拿不到。还不如深入荒原，就像达盖尔那样。小时候，苔蕾丝十分同情这个被追捕的杀人犯（她记得巴利翁的妻子曾在阿热卢斯的厨房里给宪兵斟酒）——正是德斯盖鲁家的狗发现了这个可怜人的踪迹。人们把在荒原里饿得半死的他扶了起来。苔蕾丝看到人们将他捆在一辆运干草的大车上。据说他在抵达卡宴[1]之前就死在了船上。一条船……苦役犯监狱……他们不会像他们说的那样把她交出去吧？贝尔纳声称自己掌握了一项证据……可能是在撒谎，除非他在那件旧斗篷的口袋里发现了那包毒药……

苔蕾丝要去弄清楚。她摸索着上了楼梯。往上走的时候，她看得更清楚了，因为黎明的曙光透过窗户照了进来。在这里，在顶楼的楼梯平台上，有一个挂旧衣服的衣橱，这些衣服从来没有人动，只有在打猎时才会用到。那件褪了色的斗篷有一个很深的口袋：克拉拉姑姑以前在一间偏远的"鸽棚"里窥探野鸽时，会将她的毛线活儿放在里面。苔蕾丝把手伸进去，取出了一个蜡封的小包：

1　法属圭亚那首府。

三氯甲烷：30 克

乌头碱药丸：20 号

洋地黄溶液：20 克

　　她又读了一遍这些词，这些数字。死亡。她总是十分害怕死亡。关键在于不要直面死亡——只去设想一下那些必不可少的动作：倒水，溶解粉末，一口气喝下去，躺在床上，闭上眼睛。这以后的事就别去想了。为什么要比任何时候都害怕这场睡眠呢？她在颤抖，因为清晨很冷。她下了楼，在玛丽睡觉的房间门口停了下来。保姆在打呼噜，像一头低吼的动物。苔蕾丝推开门。晨曦透过百叶窗照了进来。窄窄的铁床在阴影里泛着白光。两只小小的拳头放在床单上。陷在枕头里的轮廓还很模糊。苔蕾丝认出了这只显得太大的耳朵，那是她的耳朵。人们说得对，这就是她的复制品，正麻木地沉睡着。"我要走了——可我的这一部分会留在这里，这种命运会一直延续到最后，一丝一毫都不会改变。"倾向，爱好，血缘的法则，不可抗拒的法则。苔蕾丝读到过，有些绝望的人会带着他们的孩子赴死；善良的人丢下了手中的报纸："怎么会有这样的事？"由于苔蕾丝是个魔鬼，她深深地感到这一切是可能的，而且或许只是为了一点点小事……她跪下来，用嘴唇轻轻碰了碰孩子的小手；她惊异于内心深处涌现出的一些东西，它们涌上了她的眼睛，灼烧着她的脸颊：那是几滴可怜的泪水，她可是从来不会哭的啊！

苔蕾丝站起身，又看了看孩子，接着回到房间，往杯子里倒了水，撕开蜡封，在三盒毒药之间犹豫不决。

窗户打开了，公鸡的鸣叫似乎撕碎了浓雾，松树的枝叶间还挂着透明的碎片。田野笼罩在晨曦之中。怎么能放弃这么多光明？死亡是什么？没有人知道死亡是什么。苔蕾丝对虚无没有把握。苔蕾丝并不能完全确定那里空无一人。苔蕾丝恨自己感到如此恐惧。她曾毫不犹豫地把人推向虚无，如今却在虚无面前退缩了。这份怯懦真让她感到羞愧！如果上帝真的存在（刹那间，她又想起了那个压抑的基督圣体节，那个身着金色长袍、精疲力竭的孤独人，他双手捧着的那个东西，还有他嚅动的嘴唇和痛苦的神情），但愿他能在为时已晚之前，将罪恶的手拒之门外；如果他的旨意是让这个盲目的可怜灵魂跨过这道门槛，但愿他至少可以怀着爱意迎接这个怪物，他的造物。苔蕾丝往水里倒了三氯甲烷，她对这个名字更熟悉，所以感觉没有那么害怕，因为它会让人想到睡眠的画面。她得快一点！房子里的人醒了：巴利翁的妻子把克拉拉姑姑卧室里的百叶窗放下来了。她在朝聋姑姑喊什么？通常，姑姑会根据仆人嘴唇的动作来判断他们的意思。一阵开门关门声和急促的脚步声。苔蕾丝刚把一条披肩扔到桌上盖住毒药，巴利翁的妻子就进来了，连门都没敲：

"小姐死了！我发现她死了，躺在床上，穿戴整齐。她身上已经凉了。"

人们还是在这位不信教的老太太指间放了一

串念珠，在她胸前放了个十字架。佃农们进来，跪下，又出去，都免不了盯着站在床脚的苔蕾丝看（"谁知道这会不会又是她干的？"）。贝尔纳去圣克莱尔通知家人，办理各种手续。他或许会想，这场事故来得正是时候，可以转移人们的注意力。苔蕾丝看着这具身体，这具苍老而忠诚的身体，在她正要走向死亡的时候，这具身体就躺在她的脚下。偶然，巧合。如果人们跟她说，这是上天的意图，她会耸耸肩。人们相互说着："看到了吗？她甚至都不假装哭一声！"苔蕾丝在心里对逝者说：活着，就像具尸体一般，活在那些讨厌她的人中间。试着不要去想太多。

举行葬礼时，苔蕾丝站在自己的位置上。在接下来的一个星期天，她跟贝尔纳去了教堂，贝尔纳没有像往常一样从侧厅进去，而是径直穿过了中堂。在婆婆和丈夫之间坐下之后，苔蕾丝才揭下黑纱。一根柱子挡住了她，在场的人看不到她；她面前只有唱诗班的孩子。她被包围了：身后是人群，右边是贝尔纳，左边是德拉特拉夫夫人，只有这一边是对她敞开的，就像斗牛场对从夜幕中冲出来的公牛敞开一样。这是一片空旷的区域，在两个孩子之间，站着一个乔装打扮的男人，他低声说着什么，手臂微微张开。

±

　　晚上，贝尔纳和苔蕾丝回到了德斯盖鲁家位于阿热卢斯的住宅，多年来，这座房子几乎没有人住。壁炉会漏烟，窗户关不紧，风从被老鼠啃过的门底下灌进来。但这一年的秋天天气很好，这些不便都没有让苔蕾丝感到痛苦。贝尔纳去打猎了，直到晚上才回来。他一回家就待在厨房里，跟巴利翁夫妇一起吃晚饭：苔蕾丝听到了刀叉的碰撞声和单调的嗓音。十月里，天黑得很早。从邻近的房子里弄来的几本书很快就被她读得烂熟了。她请求贝尔纳帮她向波尔多的书商订书，但贝尔纳没有回复；他只允许苔蕾丝抽完烟后再去买烟。去通通火……可是带着树脂味儿的浓烟倒灌进去，灼伤了她的眼睛，刺激着她因为吸烟已

经不舒服的喉咙。巴利翁的妻子刚把残羹剩饭端
走，苔蕾丝就关灯躺下了。她还要这样躺多久才
能睡着？阿热卢斯的寂静让她睡不着。她更喜欢
起风的夜晚，树顶发出无穷无尽的呜咽，隐藏着
一种人类的柔情。苔蕾丝沉浸在这种摇曳中。秋
分到了，在这纷纷扰扰的夜里，她睡得比在平静
的夜里更好。

虽然夜晚在她眼里无比漫长，她有时也会在
黄昏之前回来，要么是因为有位母亲一看见她就
拉起孩子的手，粗暴地把他领回了农庄，要么是
有个她知道名字的牧人没有回应她的问好。啊！
要是能这样消失，在一座人口稠密的城市深处沉
沦，该有多好！在阿热卢斯，没有一个牧人不知
道她的事（人们甚至把克拉拉姑姑的死归咎于她）。
她不敢跨过任何一道门槛，只能通过一扇隐蔽的
门出去，绕过房屋；只要远处响起马车的颠簸声，
她就会溜到一条小路上。她走得很快，像被追逐
的猎物一样惴惴不安，经常会躲进灌木丛等待一
辆自行车经过。

周日去圣克莱尔做弥撒时，她不再感到那么害怕，稍微放松了一点。镇上的人对她的看法似乎有所改观。她不知道，她父亲和德拉特拉夫夫妇把她描绘成了一个无辜的受害者，还说她遭受了致命的打击："我们怕这可怜的孩子恢复不过来了；她不想见任何人，医生说不要惹她不快。贝尔纳很照顾她，但她的精神受到了伤害……"

十月的最后一个夜晚，一阵狂风从大西洋吹来，久久地折磨着树梢；苔蕾丝半睡半醒，仔细听着海浪的声音。但到了黎明，唤醒她的不是同样的呜咽。她推开百叶窗，房间里依然昏暗；一阵细密的雨点打在外屋的瓦片上，打在橡树依然浓密的树叶上。那一天，贝尔纳没有出门。苔蕾丝抽了烟，把烟头扔掉，走到楼梯平台上，听到丈夫在楼下从一个房间走到另一个房间；烟斗的气味飘进房里，盖过了苔蕾丝抽的黄烟丝的气味，她认出这是她以前的生活的气息。第一个坏天气……她还要在这奄奄一息的炉火旁度过多少个这样的日子？角落里的墙纸因发霉而脱落了。墙上还有原来的肖像画留下的痕迹，贝尔纳把这些画拿去装饰圣克莱尔的客厅了，生了锈的钉子上方空荡荡的。在壁炉上，在一个三层的仿玳瑁相框里，照片显得无比苍白，仿佛上面的逝者又死了一次：贝尔纳的父亲、他的祖母，还有戴着"爱德华的孩子"[1]那种帽子的贝尔纳。还要在房间里度过这漫长的一天，然后是几个星期，几个月……

随着夜幕降临，苔蕾丝受不了了。她轻轻打开门，下楼走进厨房。她看到贝尔纳坐在一把低矮的椅子上，对着炉火；他突然站了起来。巴利翁停下了擦枪的动作，巴利翁的妻子将毛线活儿掉到了地上。三个人都用同一种表情看着她，于是她问道：

"我吓到你们了吗？"

"你不能进厨房。你不知道吗？"

1　《爱德华的孩子》(*Les Enfants d'Édouard*) 是法国画家保罗·德拉罗什 (Paul Delaroche, 1797—1856) 的画作，描绘了被囚禁在伦敦塔里的两位王子在遭遇谋杀之前的情景。

她什么也没回答，便向门口退去。贝尔纳提醒她：

"既然见到你了……我得跟你说，我没必要再待在这儿了。我们在圣克莱尔营造了一股同情的风气；人们相信，或者说假装相信你有点神经衰弱。人们认为你更喜欢独居，而我会经常来看你的。从现在开始，你就不用去做弥撒了……"

她结结巴巴地说，她根本不介意做弥撒。他回答说，她是否乐意并不重要。他们想要的目标已经达到了。

"既然对你来说，弥撒一点意义都没有……"

她张开嘴，似乎想说什么，但最终什么也没说。他坚持认为，她不该说任何话或者做任何事，以免影响到如此迅速而出乎意料的成功。她问玛丽怎么样了。他说她很好，第二天她要跟安娜和德拉特拉夫夫人一起去博略。他自己也要去那里待几个星期，最多两个月。他打开门，闪到一边给苔蕾丝让路。

在昏暗的黎明时分，她听到巴利翁在套马车。

她还听到了贝尔纳的声音、马蹄踢蹬的声音，还有马车驶离时的颠簸声。雨终于落在瓦片上，落在模糊的窗上，落在空旷的田野上，落在一百多公里的荒原和沼泽上，落在最后几堆移动的沙丘上，落在大西洋上。

苔蕾丝用刚刚抽完的烟又点燃了一根。接近四点时，她穿上一件雨衣，走进雨中。她害怕黑夜，于是又回到房间里。炉火已经熄灭，她全身打哆嗦，便躺下了。快到七点时，巴利翁的妻子给她做了火腿煎蛋，她不吃；油脂的气味还是让她感到恶心！她一直吃焖肉冻或者火腿。巴利翁的妻子说，没有更好的东西给她吃了：贝尔纳先生不让她吃禽肉。她抱怨苔蕾丝让她徒劳地跑上跑下（她的心脏有毛病，双腿浮肿）。这份工作对她来说太繁重了，她做的一切都是为了贝尔纳先生。

那天夜里，苔蕾丝发烧了；可她的头脑异常清醒，还构想出了在巴黎生活的情景。她又看到了自己去过的那家森林里的餐厅，但不是跟贝尔纳一起，而是跟让·阿泽维多和一群年轻女人。她把玳瑁香烟盒放在桌上，点燃了一支"阿卜杜拉"牌香烟。她说着话，解释着自己的心事，管弦乐队轻柔地演奏着。她身边围了一圈专心聆听但一点都不惊讶的面孔，她让他们兴奋不已。一个女人说："跟我一样……我也经历过这个。"一位作家把她拉到一边："您应该把您遇到的一切都写下来。我们要在我们的杂志上发表这篇当代女性的日记。"一个因她而痛苦的年轻男人驾车载着她，他们沿着森林大道往前开；她没有感到慌乱，反而很喜欢这具坐在她左边的年轻而不安的身体。"不，今天晚上不行，"她对他说，"今晚我要跟一位朋友一起吃饭。""明天晚上呢？""也不行。""您晚上一直都没空吗？""差不多是这样……可以说是都没空……"

一个人在她的生命中出现了，因为他，世上其他的一切在她看来都变得微不足道了。她的圈子里没有一个人认识他；这个人十分谦虚，十分不起眼。可苔丝整个人都围绕着这个只有她能看到的太阳转，只有她的身体能感受到这个太阳的热度。巴黎在低声号叫，就像风在松林间呼啸。这具贴着她的身体虽然十分轻盈，但还是让她喘不过气来；可她宁愿喘不上气，也不愿让他离开。（苔蕾丝做了个拥抱的姿势，右手搂住了左肩，左手的指甲抠进了右肩。）

她赤着脚站起来，打开窗；黑夜并不冷。可要怎么想象有一天能不下雨呢？雨会一直下到世界末日。如果她有钱，她会逃到巴黎去，直接去找让·阿泽维多，向他吐露一切；他会给她找份工作的。一个女人独自在巴黎谋生，不依靠任何人……没有家人！让她的心去挑选自己的家人——不是根据血缘挑选，而是根据思想和肉体；去寻找真正的亲人，无论他们是多么稀少和遥远……她终于睡着了，窗户还敞着。阴冷而潮湿的黎明唤醒了她：她冷得牙齿打战，却没有勇气起身关窗，甚至无法伸出胳膊，把被子拉过来。

那天，她没有起床，也没有洗漱。她吞了几

口焖肉冻，喝了一点咖啡，这样就可以抽烟了（如果空腹抽烟，她的胃会受不了）。她试着回忆夜里幻想的场景；阿热卢斯十分安静，而且下午和夜里一样昏暗。在一年中最短的这些日子里，连绵不断的雨让时间变得统一，混淆了每个钟点之间的界限；一个黄昏与另一个黄昏混杂在一起，变成一片毫无变化的寂静。可苔蕾丝毫无睡意，她的梦境变得更加清晰起来；在过去的记忆里，她有条不紊地搜寻着已经遗忘的面孔、远远地珍爱着的嘴唇，还有模糊不清的身体——是偶然的邂逅和夜里的冒险让它们靠近了她无辜的身体。她设想着一种幸福，谱写着一种欢愉，用无数碎片拼凑着一种不可能的爱。

"她不起床了，她把面包和焖肉冻放到一边，"不久后，巴利翁的妻子对巴利翁说，"但我向你保证，她的酒很快就喝完了。不管别人给这个坏女人多少酒，她都能喝完。喝完以后，她会用香烟把床单烧掉。总有一天，她会把我们这里都点着的。她抽烟抽得那么厉害，手指和指甲都变黄了，好像在山金车药水里泡过一样：这还不算不幸吗？
这些床单都是在庄园里织出来的……再等等就该
经常换床单了！"

她还说自己没有拒绝打扫房间或者铺床。可
那个懒婆娘不愿从床上下来。巴利翁的妻子双腿
浮肿，就更没必要把装了热水的水壶提上楼了：
晚上，她会看到水壶还放在卧室门口，还是她早
上放在那里的样子。

苔蕾丝的思想脱离了她努力取悦的这具陌生
的躯体，她厌倦了自己的幸福，感受到假想的快
乐带来的满足，于是想象出了另一种消遣。人们
跪在她简陋的床周围。一个阿热卢斯的孩子（看
到她靠近就会逃跑的那些孩子中的一个）在垂死
之际被带到了苔蕾丝的卧室里，她把被尼古丁熏
黄的手放在他身上，他就痊愈了。她还想象出了
其他一些更普通的场景：她在海边布置了一幢房
子，在脑海中构想出花园和露台的样子，安排了
房间的布局，逐一挑选了家具，为她在圣克莱尔
拥有的每一件家具寻找位置，反复想着选择什么

布料。接着，布景被破坏了，变得没那么清晰了，只剩下一条林荫小径和面朝大海的一条长椅。苔蕾丝坐在那里，头靠在一个肩膀上，听到吃饭的铃声便站了起来，走上漆黑的林荫小径，有个人跟她并肩行走，他突然用双手抱住了她。她想，一个吻应该可以让时间停滞；她想象着爱情里应该有无穷无尽的瞬间。这是她的想象，她永远也不会知道。她又看到了那座白色的房子，还有那口水井；水泵吱嘎作响，浇过水的天芥菜在院子里散发着芳香。晚餐会是一段休息的时光，随后是晚上和夜里的幸福，那时应该就看不清对面的东西了，它超越了我们心灵的力量。苔蕾丝比任何人都缺爱，而现在爱情占有了她，渗透了她。她几乎听不到巴利翁妻子的抱怨。老太太在喊什么？贝尔纳总有一天会从南方回来，而且不会提前通知："当他看到这间房间时会说什么？真是个猪窝！不管夫人愿不愿意，都得起床了。"苔蕾丝坐在床上，惊愕地看着自己骨瘦如柴的腿，还有显得很大的脚。巴利翁的妻子用睡袍裹住她，把她推到一张扶手椅上。她伸手找烟，手却垂落下来。一道冰冷的阳光从敞开的窗户射进来。巴利翁的妻子不安地扭动着，手里拿着一把笤帚，气喘吁吁，嘟嘟囔囔地骂着——可巴利翁的妻子还算善良，因为家里流传着这样一个故事：每年圣诞节，当她看到人们把她喂肥的猪杀掉时，都会掉眼泪。她讨厌苔蕾丝不回答她：在她看来，沉默就是一种侮辱，表示苔蕾丝看不起她。

可苔蕾丝是否说话并不取决于她自己。当她的身体被干净的床单包裹起来时，她以为自己已经说过谢谢了；实际上，她的双唇间没有发出任何声音。巴利翁的妻子丢下她走了："不要再把这些东西烧掉了！"苔蕾丝害怕她会把烟拿走，将手往桌边伸了伸：烟不在那里了。不抽烟怎么活？她的手指需要不停地触摸那个又热又干的小东西，她还需要持续不断地闻到烟的气味，卧室会一直沐浴在她吸进去又吐出来的烟雾中。巴利翁的妻子只有在晚上才会上楼，整整一个下午都没有烟！她闭上眼睛，发黄的手指还摆出了拿着烟的习惯动作。

七点钟时，巴利翁的妻子拿着一支蜡烛进来，把托盘放在桌上：上面有牛奶、咖啡和一块面包。"您不需要别的东西了吧？"她狡黠地等着苔蕾丝要烟，但苔蕾丝的脸贴着墙，没有转过身来。

或许是巴利翁的妻子忘了关窗：一阵风把它吹开了，夜里的寒气充满了卧室。苔蕾丝没有勇气推开被子，站起身，赤脚跑到窗边。她蜷缩着身子，被单一直拉到眼睛下面；她一动不动，感到冰冷的风掠过了眼皮和额头。松林无边无际的嘈杂声填满了阿热卢斯，可尽管有从大西洋上吹来的风，阿热卢斯依然一片寂静。苔蕾丝想，既然她想要受苦，就不该这样躲在被子下面。她试着把被子推开一点，但在寒冷中只能坚持几秒钟。接着，她就可以坚持更长时间了，仿佛是在玩游戏。虽然不是有意为之，可她的痛苦成了她的消遣——谁知道呢？——或许还成了她活在世上的理由。

十二

"先生寄来了一封信。"

由于苔蕾丝没有接她递过来的信封，巴利翁的妻子又说了一遍：先生肯定在信里说了他什么时候回来；得告诉她，让她准备妥当。

"如果夫人想让我读一读……"

苔蕾丝说："读吧！读吧！"然后，她就像往常面对巴利翁的妻子时一样，转身面对墙壁。可是，巴利翁的妻子读的内容把她从麻木中唤醒了：

从巴利翁的汇报里，我很高兴地得知，阿热卢斯一切都好……

贝尔纳说他将从陆路返回，但他打算在好几

个城市停留，因此无法确定准确的返程日期。

　　肯定不会在十二月二十日之后。我会跟安娜和小德吉扬一起回来，不要惊讶。他们在博略订了婚，但还不是正式的；小德吉扬坚持要先见见你。他说这是礼貌问题，我觉得他是想了解一下那些事情，你知道的。你很聪明，一定能很好地应对这样的考验。要记住，你很痛苦，精神受了刺激。总之，我拜托你了。我相信你不会破坏安娜的幸福，也不会妨碍这个计划取得圆满结果，无论是对家庭，还是从各个角度来说，这个计划都很令人满意，我会感激你的。同样，如有必要，如果你试图破坏这个计划，我也会毫不犹豫地让你付出沉重的代价；但我相信这一点不用担心。

那天天气很好，晴朗而寒冷。苔蕾丝听从了巴利翁妻子的命令，从床上起来，在她的搀扶下在花园里走了几步，但费了很大劲才吃完那份鸡胸肉。距离十二月二十日还有十天。如果夫人同意稍微振作一下精神，其实完全能在十天之内恢复健康。

"不能说她不愿意，"巴利翁的妻子对巴利翁说，"她在尽力了。贝尔纳先生知道如何驯服不听话的狗。你知道他有时候会给它们戴上'暴力项圈'吗？用不了多久，他也能把这个女人驯服。但最好还是不要相信她……"

实际上，苔蕾丝用尽了全力放弃幻想、睡眠和颓丧。她强迫自己走路，吃饭，尤其是强迫自己重新变得清醒，用自己的肉眼去看待人和事；她又回到了被她烧焦的荒原，行走在灰烬之上，在焦黑的松树间漫步。于是在这个家——在她的家里，她也要试着说话，试着微笑。

十八日下午将近三点，天气多云但没有下雨，苔蕾丝坐在卧室的炉火前，头靠着椅背，闭着眼睛。一阵引擎的轰鸣声惊醒了她。她听出了贝尔纳在走廊里的声音，还听到了德拉特拉夫夫人的声音。当巴利翁的妻子没有事先敲门便气喘吁吁地推开门时，苔蕾丝已经站在镜子前了。她涂了腮红和口红。她说："可别吓到这个男孩。"

可贝尔纳犯了个错误，他应该先上来看看妻子的。小德吉扬答应了家人会"洞察一切"，此刻心想："这至少说明他不够殷勤，容易让人多想。"他从安娜身边退开一步，竖起皮衣领子，说："乡下的这种客厅，就不应该试着取暖。"他问贝尔纳："您没有地下室吗？这样您的地板肯定会烂掉的，除非请人铺一层水泥……"

安娜·德拉特拉夫穿着一件灰鼠皮大衣，戴着一顶既没有饰带也没有花结的软帽。（"这顶帽子，"德拉特拉夫夫人说，"虽然什么装饰也没有，却比我们以前戴的有各种羽饰的老式帽子还要贵。毡帽确实很美。这是莱拉卡店里的，但款式是勒布的。"）德拉特拉夫夫人把靴子伸过去烤火，脸转向门，神情既专断又软弱。她答应了贝尔纳会掌控局面。例如，她提前告诉他："不能要求我亲吻她。你不能要求你母亲做这种事。只是摸摸她的手，我就已经觉得很可怕了。你看：上帝都知道她做的事很可怕；对了，这还不是让我最生气的事。我们早就知道有些人会谋杀别人……最让我生气的是她的虚伪！这，这才是可怕的地方！你记得她说过：'母亲，坐这张扶手椅吧，这张更舒服……'你还记得她多么害怕让你受到打击吗？'可怜的宝贝怕死，一次问诊就会让他一蹶不振……'上帝知道，我当时什么也没有怀疑；可是这句'可怜的宝贝'从她嘴里说出来，真让我震惊……"

现在，在阿热卢斯的客厅里，德拉特拉夫夫人最关注的是每个人都感到很拘束；她观察到，小德吉扬那双喜鹊般的眼睛盯着贝尔纳。

"贝尔纳，你该去看看苔蕾丝在做什么……她可能更不舒服了。"

安娜（漠不关心，仿佛与即将发生的事没有关系）辨认出了熟悉的脚步声，说道："我听到她下楼了。"贝尔纳一只手放在心脏上，因为心悸而痛苦。他真蠢，没有提前一天回来，他应该提前跟苔蕾丝安排好这个场景的。她会说什么？她有能力让一切都受到牵连，但又不会做什么可以被指责的事。她在楼梯上走得真慢啊！他们全都站了起来，转身对着苔蕾丝终于推开的门。

很多年之后，贝尔纳应该会记得，当这具被摧毁的躯体，当这张涂了粉的苍白小脸靠近时，他首先想到的是"重罪法庭"。但这并不是因为苔蕾丝犯下的罪。顷刻间，他又看到了《小巴黎人报》上那张彩色的图片，跟其他很多张在一起，装饰着阿热卢斯花园里的木板房；那时苍蝇在嗡嗡叫着，外面的蝉在火热的天气里吱吱鸣叫，孩童时代的他，眼睛盯着那张红绿相间的插画，画的名字是《被囚禁的普瓦捷女人》[1]。

此刻，他就这样盯着苍白而瘦弱的苔蕾丝，

1　这幅画作取材自真实案件。布朗什·莫尼耶（Blanche Monnier，1849—1913）来自保守的资产阶级家庭，由于抗拒母亲的包办婚姻，被监禁在狭小阴暗的房间内长达二十五年。作家安德烈·纪德（André Gide，1869—1951）曾据此创作小说。

心里想着自己是多么疯狂，竟然没有不惜一切代价摆脱这个可怕的女人，就像把一个随时可能爆炸的装置扔到水里一样。不管她是否知情，苔蕾丝引发了一场闹剧——比闹剧还要惨，引发了一条社会新闻；她要么是罪犯，要么是受害者……从家庭的角度来说，她引发了一阵既令人震惊又让人怜悯的哗然，几乎不加掩饰，以至于小德吉扬在下结论时犹豫不决，不知道该怎么想。苔蕾丝说：

"这很简单啊，因为天气不好，我无法出门，所以就失去了食欲。我几乎没吃东西。宁愿瘦，也不要长胖……不过我们还是谈谈你吧，安娜，我很高兴……"

她拉起她的手（她坐着，安娜站着）。她注视着安娜。在这张人们觉得备受摧残的脸上，安娜认出了她的目光，这目光里的坚毅曾让她气恼。她记得自己曾经说过："等你不再这么看着我了再说吧！"

"我为你的幸福感到高兴，我的小安娜。"

说到"安娜的幸福",她对着小德吉扬莞尔一笑——对着他的脑袋,宪兵式的胡子,下垂的肩膀,礼服,还有他黑灰色条纹裤子里又短又粗的腿(什么!这个男人跟其他男人没什么区别,总之,就是一个丈夫的样子)。接着,她的目光又落在安娜身上,对她说:

"摘下你的帽子……啊!这样我就能认出你来了,亲爱的。"

安娜现在近距离看着这张有点像在扮怪相的嘴,这双永远干枯、没有泪水的眼睛,但她不知道苔蕾丝在想什么。小德吉扬说,对于一个喜欢待在室内的女性来说,乡下的冬天并没有那么可怕:"在家里总有那么多事情可做。"

"你不问问我玛丽的消息吗?"

"是啊……跟我说说玛丽吧……"

安娜重新显得多疑,带有敌意;这几个月以来,她经常用跟她母亲一样的腔调重复:"我应该原谅一切的,因为说到底,她是个病人;但她对玛丽漠不关心让我无法接受。一位母亲对自己的孩子不感兴趣，你想找什么样的理由都可以，但我觉得这很卑鄙。"

苔蕾丝读懂了年轻女孩的心思："她鄙视我，因为我没有先聊玛丽。要怎么跟她解释呢？她不会明白的，我是个自以为是的人，我只关注自己。而安娜，她一旦有了自己的孩子，就会因为孩子失去自我，就像她母亲那样，就像这个家里的所有女人那样。可我呢，我永远需要寻找自我；我尽力追赶自己……这个矮子都不用脱下礼服，只要他让安娜生下的婴儿发出第一声啼哭，她就会忘记跟我一起度过的少女时代，还有让·阿泽维多的温情。这个家族的女性都渴望完全失去自我。这类人可谓天赋异禀；我感受到了这种抹去自我的美，这种完全献身的美……可是我呢，可是我呢……"

她尽量不去听别人在说什么，尽量去想玛丽，小家伙现在应该会说话了："或许听她讲几秒钟话会让我高兴，但很快我就会厌烦，我会迫不及待地想要独处……"她问安娜：

"玛丽该会说话了吧？"

"别人想让她重复什么，她都会重复。太好笑了。只要有鸡叫或者汽车喇叭的声音，她就会伸出小手指，说：'你听到"音乐乐"了吗？'真是个小宝贝，真是个小乖乖。"

苔蕾丝想："我得听听他们在说什么。我脑子里空空的。小德吉扬在说什么？"她花了很大力气竖起耳朵听。

"在我巴利萨克的庄园里，采树脂的工人可没有这里的健壮：他们只能采四趟，而阿热卢斯的农民能采七八趟。"

"按照树脂的行价，他们就是一群懒货！"

"您知道现在的树脂工人一天能赚一百法郎吗？我觉得德斯盖鲁夫人可能累了……"

苔蕾丝把脖子靠在椅背上。所有人都站了起来。贝尔纳决定不回圣克莱尔。小德吉扬同意开车，第二天再让司机把车开回阿热卢斯，将贝尔纳的行李也带来。苔蕾丝努力想站起来，但她的婆婆拦住了她。

她闭上眼睛，听到贝尔纳对德拉特拉夫夫人说："巴利翁夫妇也真是的！我得把他们骂一通……给他们点颜色看看。""但要注意，不要太狠，不能把他们赶走了；首先，他们知道的事情太多了；而且，说到财产……只有巴利翁一个人清楚所有底细。"

贝尔纳说了一个想法，苔蕾丝没有听清，只听到德拉特拉夫夫人回答他说："说到底，还是要小心，不要太信任她，注意她的举动，千万不要让她一个人进入厨房或餐厅……不，她没有昏过去；她只是在睡觉，或者在装睡。"

苔蕾丝重新睁开眼睛，贝尔纳在她面前，端着一个杯子，说："喝吧，这是西班牙的酒，非常提神。"他决定好的事情就一定会去做，所以他走进厨房，大发雷霆。苔蕾丝听到巴利翁的妻子刺耳的方言，想道："贝尔纳显然是害怕了，害怕什么呢？"他回来了。

"我觉得你在餐厅里吃饭，比在你自己房间里吃食欲要好。我已经吩咐过了，还是和以前一样把你的餐具摆在餐厅里。"

苔蕾丝发现，贝尔纳又回到了预审时的样子，变成了她的盟友，不惜一切代价要让她摆脱困境。他希望她好起来，不惜一切代价。是的，他显然是害怕了。苔蕾丝观察着坐在自己对面拨火的他，却猜不透那双大眼睛在火焰中凝视的画面：《小巴黎人报》上那张红绿相间的插画，《被囚禁的普瓦捷女人》。

虽然下了雨，阿热卢斯的沙地上却没有积水。在隆冬时节，只要太阳晒过一个小时，人们就可以穿着帆布鞋，肆无忌惮地踩在覆满干燥、富有弹性的松针的小径上。贝尔纳整天打猎，但会回来吃饭，他担心苔蕾丝，以一种前所未有的方式照顾她。他们的关系几乎无拘无束。他强迫她每三天称一次体重，每餐之后只能抽两支烟。苔蕾丝接受贝尔纳的建议，走了很多路："锻炼是最好的开胃酒。"

她不再害怕阿热卢斯；她觉得松树仿佛正在

散开，一排排之间的距离变大了，在暗示她逃离。一天晚上，贝尔纳对她说："请你等到安娜结婚；这个地方的人都要看到我们在一起，就这一次了，之后你就自由了。"她整夜都无法入睡。令人忧心的喜悦让她无法合眼。黎明时分，她听到无数只公鸡在啼叫，仿佛没有相互应和，而是一起啼叫，让天地间充满同一种鸣唱。贝尔纳要放她去闯荡世界，就像从前把那头无法驯服的野猪放到荒原上去一样。安娜终于要结婚了，人们想说什么就说什么吧：贝尔纳会把苔蕾丝扔进巴黎的深渊，然后逃走。这是他们之间约定好的。不离婚，也不正式分居；为了掩人耳目，就说是健康原因（"旅行对她的健康有益"）。每年万圣节，他都会为她如实结算松脂的收益。

贝尔纳没有问苔蕾丝的计划：就随她去别的地方让人绞死吧。"只有她走了，我才能得到安宁，"他对母亲说，"我很希望她改回娘家的姓……但如果她做了蠢事，别人还是会找到你的。"可是他确定，苔蕾丝就像驾辕的马，喜欢反

抗。获得自由或许会让她变得更理智。但不管怎
么说，要去试试。这也是拉罗克先生的意见。总
之，最好是让苔蕾丝消失；人们很快就会忘记她，
会习惯于不再谈论她。关键在于保持沉默。这个
想法在他们心里扎了根，没有什么能让他们动摇：
得让苔蕾丝离开车辕。他们真是迫不及待！

　　冬日将近，光秃秃的大地变得更加萧瑟；可
枯叶如同坚韧的粗呢，依然顽强地粘在橡树上，
苔蕾丝喜欢这种景象。她发现阿热卢斯其实并不
寂静。即便在最平静的天气里，森林也在呻吟，
如同人们在为自己哭泣，在哄着自己入睡，而夜
晚不过是无尽的窃窃私语。在她未来的生活中，
在那难以想象的生活中，会有无数个黎明，无限
苍凉的黎明，或许会让她怀念阿热卢斯睡醒的时
刻，怀念无数公鸡整齐划一的啼叫。在接下来的
夏天里，她会回想起白天的鸣蝉和夜晚的蟋蟀。
巴黎将不再有破碎的松树，而是有可怕的人；在
一堆堆树之后，是一群群人。

　　夫妻俩惊讶地发现，他们俩之间已经不会感

到尴尬了。苔蕾丝想，一旦我们确定要离开某些人，他们就变得可以容忍了。贝尔纳关心她的体重——他也在意她说的话。她在他面前变得比从前更加侃侃而谈了："到了巴黎……等我到了巴黎……"她会住在旅馆里，或许会租一套公寓。她打算去上课，听讲座，参加音乐会，"从头开始，重新接受教育"。贝尔纳不再想着提防她了，而是毫无顾虑地喝汤，把杯子里的东西一饮而尽。有时，珀德迈医生会在阿热卢斯的路上遇到他们，他对妻子说："令人惊讶的是，他们一点也不像在演戏。"

十三

三月里炎热的一天，将近十点钟时，人潮已经开始涌动，在和平咖啡馆的露台上来来往往。贝尔纳和苔蕾丝正坐在那里。她扔掉手中的烟头，像荒原上的人那样，小心地把它碾灭。

"你害怕把人行道点燃？"

贝尔纳勉强笑了笑。他埋怨自己不该一路陪着苔蕾丝到巴黎来。或许是因为在安娜结婚的第二天，他迫于舆论不得不这么做，但主要还是为了顺从这个年轻女人的心愿。他心想，她真有逢场作戏的天赋：只要她还留在他的生活里，他就有可能屈尊做出一些不理智的举动；即便他拥有如此健全而坚定的心智，这种疯狂似乎也产生了一定的影响力。在与她分别的时刻，他心里不可避免地生出一种他不会承认的忧伤：对他来说，没什么比这种由他人（尤其是苔蕾丝……真是无法想象）引发的情感更陌生的了。他迫不及待地想要摆脱这种混乱的心绪！只有等坐上正午的火车，他才能自由地呼吸。晚上，汽车会在朗贡等他。很快，等他走出车站，踏上通往维朗德罗的公路时，就会看到松林了。他观察着苔蕾丝的侧脸，她的目光有时会停留在人群中的某张面孔上，盯着它，直到它消失。突然，他问道：

"苔蕾丝……我想问你……"

他移开了目光，他从来都经受不住这个女人的目光，然后语速很快地说：

"我想知道……是因为你讨厌我吗？因为你恨我？"

他听着自己说出的话，感到既震惊又恼怒。苔蕾丝微微一笑，随后神情严肃地盯着他。终于！贝尔纳问了她一个问题，如果她是贝尔纳，这会是她想到的第一个问题。她在马车里，在去尼藏的一整段路上，接着在开往圣克莱尔的小火车里准备了那么久的供词，那个搜肠刮肚的长夜，那一次耐心的搜寻，那一份追溯她行为源头的努力——或者说那份令人疲惫的反省，也许就要派上用场。她在无意中让贝尔纳陷入了困惑。她让他无法理解，现在他来质问她了，如同一个看不清楚的人，一个犹豫不决的人……没有那么单纯了……因此，也就没有那么无情了。苔蕾丝看了一眼这个全新的男人，目光有些殷勤，甚至带着母性。可她还是用嘲讽的语气回答了他：

"你不是知道吗？是因为你的松树。是的，我想独吞你的松树。"

他耸了耸肩。

"如果说我以前相信过，现在我不信了。你为什么要那么做？现在你可以放心告诉我了。"

她的目光一片茫然：在人行道上，在一条满是污泥和拥挤的人群的河边，在即将跳下去，在那里挣扎，或者自甘陷入泥潭的时刻，她瞥到了一丝曙光，一个黎明。她想象着回到那个隐秘而凄凉的故乡，在阿热卢斯的寂静中，过上一种沉思默想、日臻完善的生活：在内心冒险，追寻上帝……一个卖地毯和玻璃项链的摩洛哥人以为她在对他微笑，便朝两人走来。她用同样嘲讽的语气说道：

"我本打算回答'我也不知道为什么做了那件事'，可我现在或许知道了，你想想吧！或许是想从你的目光中看到一丝忧虑，一丝好奇——说到底，是些许困惑：而就在刚才，我看到了这一切。"

他斥责的语气让苔蕾丝想起他们的那趟蜜月之旅：

"你到现在还要开玩笑……说真的，是为了什么？"

她不再微笑，轮到她提问了：

"贝尔纳，你这样的男人总会知道自己行动的所有原因，不是吗？"

"当然了……应该是吧……至少我觉得是这样。"

"我呢，我一点也不想对你隐瞒任何事情。

如果你知道我为了看清一切而遭受了怎样的折磨……可是你要明白，我能给你的所有理由，只要我一说出口，就会觉得是在骗人……"

贝尔纳不耐烦了：

"说到底，你决定做这件事，你做出这个举动，总有个具体时间吧？"

"是的，马诺起大火那天。"

他们靠得更近了，说话的声音也越来越低。在巴黎的这个十字路口，在稀薄的阳光下，在带着洋烟的气味、搅动着黄红色窗帘的、稍有凉意的风里，苔蕾丝回想起了那个酷热的下午，想起了浓烟弥漫的天空，想起了烟灰色的苍穹，想起了烧毁的松林散发出的呛人的火炬气味，还有她自己那颗昏昏欲睡的心，在那里，罪行正慢慢成形。苔蕾丝谈起这些，感到很奇怪。

"事情是这样发生的：是在餐厅里，那里像往常的中午一样昏暗；你在说话，头微微偏向巴利翁，忘了数往杯子里加了几滴药。"

苔蕾丝没有看贝尔纳，她全神贯注，不放过

任何一个微小的细节；可她听到他在笑，于是盯着他看：是的，他在发出他那愚蠢的笑声。他说："不！你把我当成什么人了！"他不相信她。（可说到底，她说的话真的可信吗？）他冷笑着，她认出这就是那个自满的、不会上当的贝尔纳。他恢复了镇定，而她再度感到迷茫。他嘲弄她说：

"所以，你就是这样，突然产生了这个想法？"

他多么恨自己问了苔蕾丝这件事！他曾狠狠地蔑视这个疯女人，现在却失去了所有的优势：她又抬起了头，见鬼！为什么突然想去理解她呢？这些疯子有什么好理解的？但他可能是忘了这件事，他没有想清楚……

"听着，贝尔纳，我跟你说这些，不是为了让你相信我是无辜的，根本不是这样！"

她带着一种奇怪的热情，要为这件事负责：既然她像一个梦游者一样做了这件事，那她应该是花了几个月的时间在心里孕育了这些罪恶的念头。而且，第一个动作完成以后，她在执行计划时，心里怀着多么清醒的愤怒！又是多么坚定！

"只有在我的手犹豫不决时，我才感觉到自己的残忍。我恨自己让你的痛苦延长。我得坚持到底，还得快！我屈从于一种可怕的义务。是的，这就像一种义务。"

贝尔纳打断了她：

"这么多话！你试试能不能把你想要什么跟我一次性说清楚！我看看你能做到吗？"

"我想要什么？或许说说我不想要什么更容易；我不想扮演角色，做样子，说客套话，总之就是时时刻刻都要放弃成为一个什么样的苔蕾丝……不，贝尔纳——你看，我只想保持真实，可我刚刚向你讲述的一切，怎么听起来那么虚假呢？"

"小声点，前面那位先生回头看我们了。"

贝尔纳只想快点结束这一切。可他了解这个疯子：她很享受把一件小事搞得很复杂。苔蕾丝也明白，这个男人，只要你一靠近，他就会走远，走得无影无踪。但她还在坚持，努力保持着灿烂的微笑，用他喜欢的低沉、沙哑的嗓音说话。

"可是现在，贝尔纳，我感觉我变成了一个会出于直觉把烟头碾灭的苔蕾丝，因为只要一点火星就能把松林下的植物点燃；一个喜欢自己清点松树，处理松脂的苔蕾丝；一个因为嫁入德斯盖鲁家，跻身名门望族之列而感到自豪，因为找到了好归宿而感到满意的苔蕾丝。我现在觉得，这个苔蕾丝跟另一个苔蕾丝同样真实，同样鲜活；不，不，没有任何理由为了另一个苔蕾丝而牺牲这一个。"

"另一个是哪个？"

她不知道如何回答，他看了看手表。她说：

"不过，我有时候还得回来处理事情……还要看玛丽。"

"什么事情？我们的夫妻共同财产是由我管理的。已经商量好的事就不要反悔了，好吗？你会出席所有重要的场合，为了家族的名誉，也为了玛丽好，得让大家看到我们一起露面。在我们这样一个庞大的家族里，从来就不缺婚礼，谢天谢地！也不缺葬礼。比如说，如果马丁叔叔能熬到秋天，我会感到很震惊：对你来说，这就是一次机会，你似乎已经觉得受够了……"

一位骑警把哨子凑到嘴边，仿佛打开了无形的闸门，在出租车的浪潮还没有淹没黑乎乎的人行道之前，一大群行人匆匆走过。"我本该在某个夜晚动身，像达盖尔那样去南方的荒原。我本该穿过这片贫瘠的土地，这片低矮的松林，一直走到精疲力竭。我没有勇气把脑袋浸入湖水里（去年，阿热卢斯的那个牧人就是这么做的，因为他的儿媳不给他东西吃）。但我本可以躺在沙地上，闭上眼睛……乌鸦和蚂蚁，它们会迫不及待地……"

她凝视着人流，这群鲜活的人在她下方铺展开来，席卷着她，引领着她。没有别的事要做了。贝尔纳又掏出了手表。

"十点四十五了：该去宾馆了……"

"你现在出发不会太热的。"

"今晚在车里，我还得多穿点衣服。"

她想象着他要驶过的那条路，觉得冷风拂过她的脸，风里闻得到泥沼、含松脂的木屑、燃烧的草、薄荷和雾气的味道。她看着贝尔纳，微微一笑，从前，就是这个微笑让荒原上的女人说："不能说她有多漂亮，但她很有魅力。"如果贝尔纳对她说"我原谅你了，过来……"，她就会站起身，跟他走。可贝尔纳只感动了片刻，现在，他对那些不同寻常的举动，那些不同于日常交流的话语，只感到厌恶。贝尔纳是"合乎车辙"的，就像他的马车一样：他需要保持惯例。今晚，当他在圣克莱尔的餐厅里重新遵循这些惯例时，他会感到平静而安宁。

"我想最后一次请你原谅，贝尔纳。"

她说这句话时的语气过于庄严，不带一丝希望——这是她最后一次尝试重新开始对话。但他拒绝了："不要再谈这个了……"

"你会感到非常孤独：就算不在那儿，我还是占据了一个位置；对你来说，我还是死了好。"

他微微耸了耸肩，几乎有些欢快地请她"不

要担心他"。

"德斯盖鲁家每代都有单身汉！让我来当也好。我具备所有必要的条件。（你不会否认吧？）我只是遗憾我们生的是个女儿，因为不能把姓氏传下去。的确，哪怕我们依然在一起，我们也不会想再要孩子了……所以，说到底，这些最好……别站起来了，坐着吧。"

他朝一辆出租车打了个手势，又走回来提醒苔蕾丝，已经付过账了。

她盯着贝尔纳杯底的一滴波尔多酒看了很久，随后又盯着行人看。有些人在等人，来回走动着。一个女人两次回过头来朝苔蕾丝微笑。（她是个女工，还是打扮成了女工的样子？）到了裁缝作坊下班的时候了。苔蕾丝不想离开座位；她没有感到厌倦，也不觉得忧伤。她决定今天下午不去见让·阿泽维多，长舒了一口气：她还不想去见他，不然又得聊天，找话说！她了解让·阿泽维多，可是她希望接近的那些人，她还不了解；

她只知道，他们从来不需要过多的话语。苔蕾丝不再害怕孤独。她只需要一动不动地待着：正如躺在南方的荒原上时，她的身体会招来蚂蚁和狗，在这里，她已经感觉到身体周围涌起一阵暗暗的骚动，一阵不安。她饿了，站起身来，在"老英格兰"商店的一面镜子里看到了自己依然年轻的样子：她身上的这件紧身旅行装很适合她。可她的脸还是阿热卢斯时期那张备受折磨的脸：颧骨太高，鼻子太短。她想："别人看不出我多少岁。"她在皇家大道吃了午饭（就像经常在梦中想的那样）。既然她不想，为什么还要回旅馆呢？喝下半瓶普伊葡萄酒后，她感到一种温暖的满足。她要了烟。邻桌的一个年轻人把点了火的打火机递过来，她微微一笑。她想到了夜晚的维朗德罗公路，阴森的松林，想想就在一个小时之前，她还希望和贝尔纳一起钻进那里呢！喜欢这个地方还是那个地方，喜欢松树还是槭树，喜欢大海还是平原，又有什么关系？除了活着的人，有血有肉的人，她对什么都不感兴趣了。"我珍爱的，不是石头砌成的城市，不是研讨会，不是博物馆，而是那片躁动不安、生机勃勃的森林，比任何暴风雨都更加狂热的激情雕刻着它。夜晚，阿热卢斯的松林在呻吟，之所以动人，只是因为它听起来像人的声音。"

苔蕾丝喝了点酒，抽了很多烟。她独自笑着，像个很幸福的人。她仔细涂了腮红和口红，然后走到街上，漫无目的地走着。

苔蕾丝在诊所

"不，小姐，我再跟您重复一遍，医生今天晚上不工作。您可以回去了。"

隔板另一侧的埃利泽·施瓦茨医生一听到卡特琳的这些话，便打开了诊室的门。他没有看他的妻子，而是对秘书说：

"我过一会儿叫您。在这里，您只用听我的话就够了。"

卡特琳·施瓦茨经受住了帕尔潘小姐无礼的目光，微微一笑，拿起一本书，走到落地窗旁边。百叶窗没有关上，水流到了七楼的阳台上，诊所里开着吊灯，照亮了雨后闪着光的路面。远处，格勒内勒的一条街道两侧立着明亮的路灯，卡特琳的眼睛盯着看了一会儿，街道位于沉睡的昏暗工厂之间。她想，埃利泽又在享受反驳她、侮辱她的乐趣，二十多年来一直如此。可是，他应该已经受到惩罚了，今天他又要念什么让帕尔潘小姐写下来？或许是三四页纸……他对"布莱兹·帕斯卡尔的性问题"的研究停滞不前了。自从这位伟大的精神科医生得意扬扬地打算在文学史之外写点什么，困难便一天天多了起来。

秘书站在那里，像一条忠实的母狗一样紧盯着医生的门。卡特琳拿起一本书，试着读起来。台灯放在一张很矮、很现代的桌子上，虽然长沙发也不算高，她还是得坐在地毯上才能看清楚。楼上的小女孩在上钢琴课，但施瓦茨夫人仍旧听到了邻居家的广播声。《伊索尔德之死》突然中断，接着响起小酒馆里的一首法国歌曲。楼下的年轻夫妻在吵架，一扇门砰地关上。

或许在这时，卡特琳会想起她父母居住的巴比伦街的宅邸，那幢房子位于庭院和花园之间，被寂静笼罩着。在战争前夕，卡特琳·德博雷施嫁给了这位有犹太血统的阿尔萨斯青年医生，但并没有被这位她当时认为无可指摘的青年才俊吓倒，也没有屈从于他肉体的魅力，或是他强大的控制力，如今他依然这样控制着无数病人。不，在一九一〇年至一九一三年间，德博雷施男爵的女儿激烈地反抗着她的家庭；她讨厌她难看的父亲，他的丑陋堪称犯罪，就像一个傀儡一样，而埃利泽·施瓦茨医生一周来两次给他装发条。她也同样憎恨母亲狭隘的生活。在那个年代，对一个处于这种社会阶层的年轻女孩来说，一直读书、获得文学学士学位，经常出入索邦大学——这是一种冒险。她在吃午饭时匆匆瞥了一眼施瓦茨，在豪华晚宴上听到他的嗓音从餐桌尽头传来，他在这个年轻女孩的眼里成了进步和神圣的科学的象征。她安排了她和她排斥的世界之间的联姻。说真的，这位学者已经颇有名气，他是人权联盟的秘书，一心只想走进德博雷施宅邸的大门，与家庭和解；他就要取得成功了。他已经准备就绪，因为感觉未婚妻猜到了这一点才放弃的。因此，从第一天开始，他便演起了戏：施瓦茨时时刻刻都受到卡特琳的监视，只好克制他的故作风雅，回归具有先锋思想的学者身份。

他给自己报仇，特别是在有人在场的情况下，不停地用粗暴的表达方式，说着粗鲁的话。二十年之后，他已经习惯了在各种场合里侮辱她，以至于在这天晚上，他下意识地这么做了，根本不抱任何目的。

他五十岁了，浓密的灰发下依然有一张高贵的面孔。他的脸晒成了棕褐色，但气血很足，是那种最能抵御时间流逝的脸色。他的皮肤还像年轻时那么透亮，有一口健康的牙齿。大家认为，或许就是这一点吸引了卡特琳（那些她逃离开的人重新被她的左派思想吸引，渐渐回到了她的身边）。人们还说"她喜欢被打败"。可那些认识她母亲德博雷施男爵夫人的人，觉得这个获得了自由的女儿在不知不觉间变得跟她母亲很像。她处世的态度要么漫不经心，要么过分友好，而且不管时尚潮流如何变化，她的穿戴始终一丝不苟。

今晚，她坐在地毯上，没什么比这个更能显露她的"风格"。她的短发已经花白，遮不住她瘦瘦的颈背了。她的脸小小的，鼻尖像哈巴狗一样皱皱巴巴的，目光清澈而率直。她单薄的嘴唇因为一阵抽搐而变形，让人们误以为她是在讥笑和嘲讽他们。

帕尔潘小姐站在那里，浏览着堆在一张靠墙摆放的桌上的画报，上面有病人们留下的手指印。秘书腿短，又太胖，得穿紧身衣才行。前厅响起电话铃声，有人找她，她径直关上了门，示意施瓦茨夫人她没有权利听。但这是白费力气，因为任何声响都会从一个房间传到另一个房间，哪怕是楼上钢琴的声音和邻居家收音机的声音。而且，秘书在接电话时声音越来越大：

"我给您约个时间吧，夫人？……在这个时间来看医生？您想都不要想！……不，夫人，您坚持也没用……不，夫人，他不可能答应过您……不，夫人，您搞错了：埃利泽·施瓦茨医生不会出入夜总会……我不能阻拦您，但我可以告诉您，您折腾也没用……"

帕尔潘小姐通过一道对着前厅的敞开的门，走进医生的诊室。卡特琳不用竖起耳朵就听到了她的喊声：

"是个疯子，先生，她声称您答应过她，不管白天还是黑夜，任何时候都能接待她……她说是两年前遇到您的，在一家酒吧里……叫热尔利，还是热尔尼？我没听清楚。"

"您把她打发了？"医生斥责道，"谁允许您自作主张的？您在瞎掺和什么？"

她结结巴巴地说已经十点多了，没想到他会同意在这个时间接待病人……他对她大喊，他可不管她是怎么想的。他很清楚这个病人是谁：是个有名的人物……又错过了一次机会，因为一个傻瓜……

"可是，先生，她说她半个小时以后到……"

"啊！她还是要来？"

他看起来既激动又惊慌失措，犹豫了几秒钟，说道：

"等她来了，立刻把她带过来，然后您就可以坐地铁走了。"

这时，卡特琳走进了诊室。医生原本已经在桌前坐下，又半站起身，语气傲慢地问她想干什么。

"你不会接待这个女人的，对吗，埃利？"

她站在他面前，穿着一条棕色紧身针织连衣裙，瘦骨嶙峋，臀部很窄，颈背僵直。吊灯的光照得她没有睫毛的眼皮跳来跳去，她的右手纤细而美丽，停放在胸前，手里抓着珊瑚项链。

"所以，现在你学会偷听了？"

她微微一笑，仿佛是为了说出什么有趣的话：

"只要你没有请人在门上装上厚垫子，只要你没有请人在墙壁、天花板和地板上铺满软木塞……那么多可怜的人要在这间屋子里忏悔，真是太好笑了……"

"好了……现在让我工作吧。"

一辆公共汽车如龙卷风一般闯入布朗维利耶

大道。卡特琳手抓着门锁，转身问：

"自然，帕尔潘小姐会告诉这位女士，你不会接待她的吧？"

他朝她走了一步，手插在口袋深处，摇晃着沉重的肩膀，看起来很健壮，问道："她是不是经常这么干？"他点燃一根很普通的烟，补充道：

"你知道是什么事吗？"

卡特琳靠在暖气片上，回答说她很清楚：

"我记得那个夜晚。那是三年前的二月或者三月，当时你经常出去。你回来时跟我讲了一切——这个疯女人让你答应……"

他弯了弯腰，看着地毯，一副羞愧的样子。卡特琳坐在那张皮沙发上，埃利泽称其为他的告解座，成千上万个不幸的人曾经在那里结结巴巴地说着谎言，寻找着他们假装不知道的人生秘密……广播里传来一个严肃的声音，蠢到惊人，在推荐勒维坎制造的家具。汽车总是在这个十字路口鸣笛。午夜才会安静，除非大楼里依然有人在接待客人。医生抬起眼睛，看到帕尔潘小姐站在放打字机的小桌旁等着。他命令她去前厅等待这位女士。她走了以后，卡特琳语气生硬地宣布：

"你不能接待她。"

"我们走着瞧。"

"你不能接待她，有危险……"

"还不如说你是嫉妒……"

她发出一阵爽朗的笑声，精神好到出人意料。

"啊！不……我可怜的胖子……我会嫉妒？"

她仿佛满怀忧伤地想起了她还会嫉妒的往日时光。接着，她突然说：

"你不会比我更想挨两颗子弹的……永远不会？回想一下波齐……你说我不认识她，我从来没见过她？我记得那天晚上你跟我说过的每一个字……一说起跟你有关的事，我的记忆力就好得惊人。我什么都没忘，你当着我的面说的每一个音节我都记得。虽然从来没见过她，但我觉得我仿佛认识她，这个像鞑靼人的女人，在你那一群露着后背的漂亮女友中间，她是唯一穿套装的，也是唯一戴着快要遮住眼睛的帽子的……晚会快要结束时，她摘下帽子，甩了甩短发，露出美丽的前额……你记得吗？在跟我说这些时，你有点醉了……你絮絮叨叨地说：'那么美丽的前额，像一座塔那么精妙。'你不记得你是怎样重复这句话的了？你还说：'要当心像卡尔梅克人[1]的女人……'哪怕是现在，你还是有点害怕她，承认吧……你急于把这个女人打发走。如果你接待她，也是因为不好意思拒绝……"

埃利泽的回答里丝毫没有辱骂的意思。面前没有外人，不用去充好汉。他只是低声说："我答应过她。"

他们沉默下来，专心听着大楼内部的隆隆声，那意味着电梯启动了。医生喃喃地说："不可能是她……她说了要半个小时……"夫妻二人都沉浸在各自的遐想中，或许想到了医生追随著名的琪琪·比约代尔的步伐的时候。那时，他差点暴露本性。"别人在嘲笑你。"卡特琳每天都对他说。

---

1 生活在俄罗斯境内的黄种人。

他瞒着她上了探戈课；每天夜里，琪琪和她团队的人都会把他拖到那家夜总会里，当这个神情专注而紧张的巨人跳舞时，那里的年轻人就会笑个不停。他汗如雨下，得去洗手间换衣领。那个时候，画家比约代尔还没娶琪琪，但她已经冠了他的姓，并且在没有得到他允许的情况下，在社交界认识了一群最随意的人。这个一头浓密金发的女人身材丰满，据说很像雷诺阿[1]笔下的人物，配得上聪慧的美名：她是那种不会因为毫无节制的生活而堕落的人，至少表面上不会，她的探索会取得丰硕的成果，让那些不够精明的人迷失其中。可是那些她拖在身后的人，她又是从什么样的污泥中找到他们的？卡特琳逢人便讲，医生在这些人中发现了一些绝妙的研究对象，为了证明这位学者在这段短暂的浪漫史中也得到了好处……很多人都相信了这个谎言。可他确实对其中一位女

---

[1] 皮埃尔－奥古斯特·雷诺阿（Pierre-Auguste Renoir，1841—1919），法国画家，印象派风格的领军人物，以其对女性形体的描绘而著称。——编者注

士产生了兴趣，在琪琪·比约代尔跟更年轻的小伙子一起跳舞时，只有这位女士会吸引他的目光。这位女士刚刚打了电话，随时都会到来。

卡特琳靠近假装在读书的丈夫，把手搭在他的肩膀上：

"听着，想想你答应不管什么时候都可以接待她的那个晚上，她跟你吐露了什么：在她试图给自己的丈夫下毒之后，她就一直被杀人的欲望纠缠……为了不屈从于这种欲望，她深受世间所有的苦难……你就要跟这种女人独处一室了，而且还是在夜里十一点！"

"如果这是真的，那她不会告诉我。她是在骗我呢……而且，就算有危险，你把我当成什么了？"

她盯着他纯洁的眼睛，没有提高嗓音，说道："你害怕了，埃利，看看你的手。"

他把手插进口袋，耸了耸肩，迅速往右歪了歪头：

"你快走！快点！明天早上之前我不想再看

到你。"

卡特琳非常平静地打开了前厅的门。他朝坐在长椅上的秘书大喊道，等这位女士来了马上把她带进来，然后就可以离开了。

门又关上了，卡特琳和帕尔潘小姐在黑暗中待了一会儿。然后，秘书打开了吊灯。

"夫人！"

卡特琳已经踏上了通往卧室的楼梯，她回过头来，看到胖姑娘的脸颊被泪水浸湿了。

"夫人，不要走开！"

她的嗓音里没有一丝傲慢。她恳求道：

"得让这位女士感觉到有人在监视她，得让她知道有人待在隔壁的房间里……要不我也留下来吧？"她突然说："我们两个人也不算太多……不，他不让这样……"

"噢！想瞒过他还是很容易的……"

秘书摇了摇头，喃喃地说："不太容易！"她觉察到这是个诡计，会让她丢掉工作。施瓦茨夫人会揭发她：医生绝对不会原谅别人违抗他的命令。两个女人沉默了，这一次，电梯真的响了。卡特琳低声说：

"把她带进来，然后就回家安心睡觉吧。今天夜里，医生不会有什么事的，我向您保证。我照顾他已经二十年了，不用等您动手，小姐。"

她消失在昏暗的楼梯上，但是到了楼梯平台以后，又下了几级台阶，俯身倚着栏杆。

电梯门砰地关上了，接着响起一阵短促的铃声……看不清这个人的脸，在她前面的帕尔潘小姐闪到了一边。一个轻柔的声音问道，施瓦茨医生是不是住在这里。秘书接过滴着水的雨伞，还想帮她拿包，可这个陌生女人紧紧抓着手中的包。

于是帕尔潘小姐找到坐在台阶上的卡特琳，紧张地低声说，这个陌生女人一身威士忌味……她们竖起耳朵，只听到医生的声音响起。卡特琳问这个女人穿的什么衣服：是一件深色大衣，绒鼠皮毛的领子显得很旧了。

"让我担心的是她的包，夫人，她紧紧夹在腋下……得试着把它拿过来……她可能在里面藏了一把手枪……"

陌生女人发出一阵笑声，随后医生接了话。卡特琳劝帕尔潘小姐"不要激动，要保持理智"。秘书情绪激动地握了握她的手，忍不住说了句"谢谢"，但话一出口就感到很滑稽。卡特琳在高高的台阶上，毫不留情地注视着镜子面前的可怜姑娘，她整理了一下帽子，在灼热的脸颊上擦了粉。她终于走了。

于是，卡特琳重新蹲到台阶上。她丈夫和那位女士的声音轮流响起，十分平静，毫无波澜。听到埃利说话，却看不到他，多么奇怪啊！她敢发誓，正在说话的仿佛是另一个男人，一个她不认识的和善男人。她知道为什么丈夫的病人经常对她说："他很有魅力，您知道的，非常绅士，非常温和……"

那位女士的嗓音很尖锐，正合卡特琳之意。或许她是受到了酒精的刺激？她略显疯狂的笑声唤醒了这位妻子心中的焦虑。她蹑手蹑脚地下了楼，溜进客厅，没有开灯，坐了下来。

透过罗纱帘，她看到落满了雨水的阳台像湖面一样闪闪发亮。远处，格勒内勒的灯光刺进了雨夜。医生用轻松随和的语气谈起了琪琪·比约代尔，询问着那群人最近在做什么。

"如今已经四分五裂了，医生……我开始有经验了，'欢乐的帮派'往往很快就会瓦解……想起来，我已经见证了不少……短短几周时间，医生，那些把您带进这个旋涡的人里，就只剩下比约代尔和我了。帕莱西，有个很棒的男孩，您记得吗？他喝酒喝得很凶（这些酒全都变成了快乐……），损伤到了骨髓，最后回了朗格多克的父母家生活。还有那个凶残的小小的超现实主义者，他会故意吓我们，就像那些头上系一条毛巾，打扮成强盗模样的小孩子一样（他皱着眉头，头发竖起，装出凶神恶煞的样子，但不管他干什么，都像一个天使）……我们总会问他，是不是打算第二天上午自杀……我呢，我不会笑，因为海洛因跟其他毒品不一样，结局总会很惨……对了，上个月在电话里……让·阿泽维多跟他开了个玩笑，半夜给他打了电话，没有说自己是谁，只是说朵拉跟雷蒙偷情，欺骗了他……这是个恶作剧，根本不是真的……阿泽维多听到了一个冷漠的声音：'您当真确定吗？'随后，是生硬的一声……"

陌生女人的语速很快，有点气喘吁吁的；卡特琳没有听清医生回答了什么，她沉浸在他深情又严肃的语调里了——他从来没有这样跟她说过话。在昏暗的客厅里，面对滴水的窗户、被淹没的屋顶和一望无际的路灯，她反复对自己说，这个男人只会在她面前摆出冷酷的姿态……是的，只会在她面前这样。

"噢！"那位女士坚持说，"不要觉得尴尬，您可以跟我聊阿泽维多……现在我不在乎了！不，这不是真的……任何爱情都不会真正消逝。我应该恨他……可在我眼里，他还保留着魅力，恰恰是因为他伤害过我。虽然在我看来，他已经不再是原来的样子——一个能在物价一直飞涨的时代，在证券交易所赚到钱的家伙——但这一点也无济于事，他依然是那个能让我的肉体经受无尽折磨的人。最平庸的人也会因为他们摧毁的能力而变得伟大。正是因为这种虚无，我才陷入了泥潭，陷得更深了一点，抵达了最后一扇门……"

医生语气温柔地问：

"亲爱的夫人，爱情至少治愈了您吧？"

卡特琳战栗起来：陌生女人发出的这阵笑声（就像一块布被撕碎了）仿佛穿透了这幢大楼的七层天花板，一直传到了地窖里。

"那我还会在晚上十一点来这里？……我刚到的时候，您没有发现我激动不安？您的这些学问都用到哪里去了？"

他心情愉悦地反驳道，他不会巫术。

"我只重视您跟我讲述的东西……我是一个会倾听的人，仅此而已……我会帮助您理清这团乱麻。"

"人们只会吐露自己想吐露的东西……"

"大错特错，夫人！在这间诊室里，人们尤其会暴露自己希望隐瞒的东西。或者至少，我会尽力捕捉他们希望隐藏或者藏不住的东西，我会展示给他们看；我会告诉他们这头蠢蠢欲动的小野兽的名字——这样他们就不再害怕了……"

"您不该相信我们的谈话……爱情的谎言对我们产生了多么大的威力啊！……您瞧，在我跟阿泽维多分手时，他把我的信还给我了。整整一个晚上，我都呆坐在那一摞信面前：它们显得多轻啊！我以为我需要一个行李箱才能装下这些信，结果用一个大信封就装下了。我把这个大信封放在我面前。想到这里面藏着我的痛苦——您要嘲笑我了！——我产生了一种尊敬又害怕的感觉（您要笑了……我就知道！），以至于我不敢重读任何一封。不过，我还是决定打开最可怕的一封：我回想起写下那封信时的痛苦心情，那是八月的一天，在费拉角[1]；那天，一个单纯的巧合让我没有自杀……于是，三年之后，在我终于痊愈以后，这封信又在我的指间颤抖起来……您相信

1　法国南部滨海阿尔卑斯省的一个市镇。

吗？我发现它是那么微不足道，以至于我以为自己拿错了信……不，我确信这一行行话语是我在濒临死亡时写下的；它们流露的不过是一种佯装的洒脱，还有掩饰痛苦的努力，仿佛我出于羞耻隐藏起肉体上的一道伤疤，免得让心爱的人感到恶心或怜悯……这种从来不会成功的诡计真是滑稽，您不觉得吗，医生？我以为，这种伪装出来的冷漠会让阿泽维多嫉妒……其他的信也都是胡编乱造的，跟这封一样……没什么能比这些爱的行动更不自然，更不真诚……但我不需要告诉您这些，这是您的工作；您比任何人都更清楚。当我爱一个人时，我会不停地估测、安排，却又一直那么笨拙，这一切本该感化我爱的对象，却往往只会刺激对方……"

　　黑暗中的卡特琳·施瓦茨没有错过任何一个音节。那些断句很奇怪，完全不是根据谈话的正常节奏切分的，更像是声音突然缺失了一部分。她为什么要跟埃利谈话？卡特琳想。为什么单单要跟他说这些知心话？她想打开诊室的门，向陌生女人喊道："他没有任何建议要给您，只会让您在泥潭里陷得更深。我不知道您应该去跟谁谈，但不是跟他，不是跟他！"

"亲爱的夫人，我敢保证，如果您没有被欺骗过，您在谈论爱情时不会这么滔滔不绝……对吗？"

他温和地表达着，像一位父亲，平静而绅士。可来访者用粗俗、无礼的语气打断了他：

"当然了！这种事不管是谁都会觉得显而易见……您不用费力气让我说话。您觉得我来找您还有别的事吗？就算您离开房间，我还是会说下去的，我就跟这张桌子说，跟这面墙说。"

卡特琳突然意识到自己犯了一个严重的错误：医生的妻子在偷听，无意中发现了别人吐露给她丈夫的秘密……她的脸颊变得滚烫。她站起身，经过前厅，从小楼梯一直走回卧室，一盏吊灯把房间照得很亮。她靠近镜子，久久地看着这张陪伴她走过人生的不讨喜的面孔。灯光和熟悉的物件让她放松下来。她在害怕什么？有什么危险？而且，这位女士也不是随便哪个陌生人……

这时，一阵巨大的声响让她战栗。卧室的门只是虚掩着；她推开门，下了几级台阶——但还是没听清来客在喊什么（她在大喊）。只要再下几级，卡特琳就能听清所有的话了。保密原则……但埃利可能有生命危险……卡特琳又在诱惑面前屈服了，在前厅的长沙发上坐了下来。有那么一会儿，电梯的声音响起，她什么也听不到了。接着又听到：

"……您听懂了吗，医生？整个夏天我都跟菲利分开了。我从来不需要任何人，甚至不需要阿泽维多，可我需要菲利。如果他不在，我会感到窒息。他找了各种各样的借口躲着我，生意啦，宴请啦。真相是他想娶一个有钱人。可是在我们这个时代……况且他还离过婚，是的，才二十四岁就离了婚……我呢，那段时间我在游荡。我无法跟您描述我那时的生活是什么样的：我在等他的信。每到一座城市，我只会关注留局自取窗口。

对我来说，旅行就意味着去拿留局自取的信。"

　　卡特琳很清楚，她不是出于责任感才偷听的：她已经不再想着在丈夫受到攻击时出来救他。不，她只是在无法抑制的好奇心面前屈服了——她的谨慎到了一丝不苟的程度，甚至成了一种怪癖！可这个陌生的声音让她着迷，与此同时，她无法想象这个不幸的女人将经受怎样的失望。埃利无法理解她，甚至也不怜悯她。跟他接待的其他受害者一样，他在迫使她自己满足自己的需要。通过肉体的满足来释放情绪：他所有的方法都归结于此。他也用这个邪恶的秘诀来解释英雄主义、犯罪、圣洁和背弃……这些想法混杂在一起，飘过卡特琳的脑海，与此同时，她也没有漏掉诊室里的每一句话。

　　"……您能想象，我发现菲利的信变长的时候是多么惊讶吗？他似乎是用心写的，想要安慰我，让我幸福。随着夏天的流逝，他的信也多了起来，很快就变成了每天都写。

　　"每年，我都会在女儿身边度过一个星期，事情就是那时发生的。现在她十一岁了。她的家庭教师会把她带到一个我提前指定的地方，距离波尔多五百公里以上：这是我丈夫的要求。我总是感到很煎熬，我不知道小姑娘是否知道我曾经被起诉，但不管怎么说，她害怕我。家庭教师总会看着我，让我不要给她们倒喝的……您知道的，我什么事都做得出来。正如在悲剧发生的那段时间里，在撤销诉讼的那个晚上，我丈夫说的那样（我仿佛又听到了他像荒原上的人那样拉着长音说话）：'你总不会希望我把女儿留给你吧？得保护她不被你毒害。我中毒以后，她到二十一岁会继承财产。先害丈夫，再害孩子！你才不会犹豫要不要除掉她！'不管怎么说，每年有一个星期，他会把她托付给我；我会带她去饭店，去马戏团……但我要说的不是这个……我跟您说，菲利的信让我感到幸福，我不再痛苦。他急于再见到我；他比我还要迫不及待。我感到幸福，平静……这一点应该也写在我脸上；玛丽不再那么怕我了。一天晚上，在凡尔赛小特里亚农宫的一张长椅上，我抚摸了她的头发……可怜的傻瓜！我以为，我希望……我甚至要感谢上帝，祝福生命……"

卡特琳又一次站起来，上楼往卧室走。她的脸颊滚烫。她感觉待在这扇门后面偷听是有罪的：她犯了最可怕的偷窃罪。埃利会拿这个匍匐在他脚下倾诉的可怜人怎么办呢？卡特琳刚坐下又站起来，回到了台阶上她偷听的地方。陌生女士还在说话：

"早上七点，他在火车站出口等我。想一想吧，这真是太美好了。我看到了他可怜的面容，筋疲力尽，走投无路。我们与所爱之人分开很长时间后再重逢时，会有那么短暂的一会儿，让我们觉得他就是他本来的样子，而不是我们曾经疯狂地投射在他身上的样子……不是吗，医生？有那么一瞬间，我们突然发现爱情的秘诀……可我们太爱我们的痛苦了，以至于无法享受爱情。他带我去了奥赛咖啡馆。我们随意地聊天，我们又建立了联系……他问了我关于树脂、松树和矿杆的事（那时我还能从这些财产中获取收益）。我笑着对他说，今年得勒紧裤腰带。树脂市场完蛋了！美国人发现了一种树脂的替代品。人们不再销售木材：阿热卢斯的锯木厂用的是从波兰进口的松树，眼睁睁地看着自家门口种的松树腐烂。终于破产了，仿佛谁都逃不过……我喋喋不休地讲着，菲利的脸色变得越来越苍白。他坚持要弄清楚，我们是不是不能再卖松树了，贱卖是否可行。当我告诉他，这样会造成一场灾难时，我感觉他的注意力开始分散。在他眼里，我跟阿热卢斯的松树一起变得毫无价值了。您能明白吗，医生？我没有哭，我笑了；我笑我自己，您想想吧！他呢，他跟我相距甚远……他不再见我。得承受这种酷刑，才能明白这意味着什么。即便在那些只为我们而存在的人看来，我们也不再存在……我们用尽一切办法吸引他的注意力，哪怕显得疯狂……您肯定猜不到我做了什么，医生……"

"这不难猜到……您给他讲了您过去的经历……那场诉讼……"

"您是怎么知道的？对，我就是这么做的……

我不知道当时有人控制着菲利，敲诈他，声称要让人逮捕他（不过，我不该跟您说这个）。我跟他讲了我的经历……"

"他感兴趣吗？"

"啊！您都想不到有多感兴趣！他听得十分认真……我隐约感到害怕，我感觉自己不该这样向他和盘托出。是的，他很感兴趣，但也许有些过于感兴趣了，您明白吗？我害怕他会借机从我这里获利。不，不会这样……而且，要怎么找人敲诈我呢？我不再面临任何风险：我的案件结束了。不，他想到了另一个主意，他觉得我可以帮他……"

"帮他？去做什么？"

"您是傻了吗，医生？帮他完成他不敢做的事……他发誓事成之后就会娶我，我们会永远在一起，因为我会珍惜他，他也会珍惜我。他制订好了计划，保证我不会承担任何风险。我做过一次，就能做第二次。我可以告诉您，他的敌人，也就是那个一句话就可以弄死他的人，住在乡下：

他住在西南部的一座小房子里，几乎算是个农民。他种葡萄。我被带去他家里，说是要买他的葡萄酒。您知道现在的女性什么工作都可以做，包括做代理；我跟他做成了几桩生意。他带我去了酒窖，我们品尝了葡萄酒……您明白吗？我们用同一个酒杯喝了酒。大家都知道他是个酒鬼……他已经发作过几次中风，虽然都不严重……我一点都不惊讶。您知道，乡下是没有法医的，根本无法查清事实……"

她停了下来。医生什么也没有回答。在昏暗的楼梯上，卡特琳的心怦怦直跳。接着，她又听到了陌生女人的声音。但这是另一种声音：

"救救我，医生……他没有给我留出任何喘息的时间……最后我会屈服的。这个人有着孩子气的一面，但也有可怕的一面……究竟是什么样的力量，会不时侵袭这些天使般的面孔？短短几年前，他们还在上学……您相信魔鬼吗，医生？您相信有人会是邪恶的化身吗？"

卡特琳无法忍受丈夫的笑声。她关上卧室的

门，跪在床边，捂住耳朵，就这样跪了很长时间，筋疲力尽，消沉不已，什么也不想……突然，她听到有人喊她的名字，嗓音里带着恐惧。她赶紧跑下楼，冲进诊室。她一开始没有看到丈夫，以为他被杀了。可她随即听到他说：

"她恨的不是你……不管怎么说，还是小心为好……快夺下她的武器！……她有武器。"

这时，她发现医生蹲在办公桌后面。陌生女人靠着墙，右手藏在打开的包里。她死死地盯着前方。卡特琳不慌不忙地抓住了她的手腕，陌生女人没有反抗，松开了拿着包的手，把什么东西握在了拳头里，但不是手枪。医生脸色苍白地站了起来，忘了藏起颤抖的手，倚着办公桌。卡特琳还握着女人的手腕，努力掰开了她的手指。一个用白纸包着的包裹掉到了地毯上。

陌生女人看着卡特琳。她摘下软帽，露出过于宽阔的额头。她的头发剪过了，稀稀疏疏，已经花白了：脸颊凹陷，干裂的嘴唇没有抹口红，颧骨上也没有擦粉。皮肤黄黄的，眼睛下方是棕色的。

她完全没有阻止卡特琳捡起包裹，辨认出信封上的字：是一个常见的药剂师的标签。女人打开门，帽子还拿在手里。到了前厅，她说她还有一把伞。卡特琳轻声问：

"您想让我帮您叫一辆车吗？雨很大。"

她摇了摇小小的脑袋。卡特琳把她领到楼梯前，按下了灯的开关。

"您不戴帽子了？"

因为没有等到任何回答，卡特琳自作主张拿起帽子，给陌生女人戴上，还给她扣上了大衣的纽扣，立起了绒鼠皮毛的领子。她本该对她微微一笑，拍拍她的肩膀……卡特琳看到她消失在楼梯上；她犹豫了一会儿，然后回了公寓。

医生站在房间中央，手插在口袋里。他没有看卡特琳。

"你说得对：这是个疯子，最危险的那种；从今以后，我得小心点。她装出有手枪的样子……

不管是谁都会被吓到。你不问我事情是怎么发生的吗？是这样：在给我讲了她的小故事以后，她说我得把她治好……我向她解释道，我答应帮她理清头绪已经很不错了，她现在应该看得更清楚了，她可以控制局面，从那个家伙身上得到她想要的东西，而不用去做他要求她做的事……就在这时，她开始暴怒。你没有听到她大喊吗？她把我当成了小偷：'您装出想要治愈灵魂的样子，可您不相信灵魂……您是精神科医生，这个词的意思是灵魂的医生，可您说灵魂并不存在……'总之，你知道，就是那老一套……走向了最低级的神秘主义，再加上她已经……你为什么笑，卡特琳？有什么好笑的？"

他惊讶地打量着妻子。这张脸上闪耀着他从未见过的幸福。她垂着两条胳膊，手稍稍离开裙子一点距离，终于说出：

"我花了二十年……终于结束了！我解脱了，埃利，我不爱你了。"

苔蕾丝在旅馆

假如这世上有一个我信任的人，我能不能跟他解释清楚，今天早上在这家旅馆，以及昨天这时候在花园里，我和这个男孩之间发生了什么？我们在花园里近距离地说了话，但看不到对方。我审视自己故事的意愿是那么强烈，以至于我战胜懒惰，把它写了下来。没有任何一个女人能忍受如此可怕的孤独；但我独处时不会感到厌倦，这一点拯救了我。

我的行为将我囚禁了起来。我的所有行为？不，只有那个行为。哪怕在夜里，我也不确定我是不是没有意识到，我在人生的某个时刻完成了这个行为：每天往一个茶杯或酒杯里加几滴……这个噩梦已经中止十年了；得救的贝尔纳变得健壮起来，但因为饮食、喝酒无度，或许已经感到死期将至；不过我已经不在了，无法加速这一进程。他身边不再有迫不及待的人，没有人觉得需要把这座自满自负的小岛从世界表面清除。从今往后，生活在这座由徒劳无功的罪行筑成的监狱里的人，会是我。我被我所谓的受害者，被我的家人投入了虚空。我，才是世界上最飘忽不定、最为人所弃的那个生灵。

　　我重读了一遍自己刚刚写下的东西：毫无疑问，我对自己的形象很满意。说到底，我不就是困在了一个角色，一种人格里吗？是否存在一个苔蕾丝，唯一的、真正的苔蕾丝，把我与我以前犯下的罪行真正分开？这场罪行迫使我采取某种态度，做出某些举动，按照某种方式生活，但或许它们本身并不属于我？

　　不管我拖着这具筋疲力尽的身体、这颗因为饥饿而垂死的心走到哪里，这一行为都会包围着我……噢，活生生的墙！不，不是一堵墙，而是一道活生生的栅栏，每一年都变得更加盘根错节。

……我独处时不会感到厌倦。这或许是因为我身上有某种非人的东西，某种好奇心。记忆力会顺从我们的心意衰退，让大部分人得以平静地活下去。对他们来说，在他们生命的这张大网里编织的一切都消失了。尤其是女性，她们是没有记忆的一类人；这一点使得她们在经历各种恐怖之后，依然保持着孩童般的眼眸，她们犯下的罪行丝毫不会反映在眼睛里。在这一点上，我跟其他女人不一样。例如，其他女人会说："在菲利自杀以后，我来到这里，躲进了费拉角的这家旅馆，在这里平静地受苦；独自待在这里，感受这份痛苦。"而我呢，我会承认：这个让我如此痛苦的男孩（我用他带给我的这种痛苦的威力，来衡量我对他怀有的爱），他的自杀让我得到了拯救。得知他的死讯时，我感到了解脱和幸福。不仅仅是从无法与人分享的爱情中解脱出来，也从一种乏味的苦恼中解脱出来了。在得知他会因为假支票的事受到指控之后，我也预料到了司法机构会审查他的生活来源，很快便会找到我。在这种社会新闻中，总会出现一位更加年长的女人，给记者们灵感，让他们想出一些雷同又粗俗的玩笑。这一次，那个负责付钱，总是那么无耻、凄惨的老女人就是我——苔蕾丝，我愿意为了一刻钟不掺杂利益的柔情献出生命，我从来没有像现在这样，对这个世界抱有如此纯粹的期望！

我因为菲利的死得到了解脱，然而我的自尊心无法忍受由此带来的羞耻。得承认还有另一件事：作为证人，我会受到预审法官的审问……他会挖掘我的生活，发现我曾被控告犯了重罪……哪怕我能成功隐瞒这些信息，坐在那里也会十分煎熬，就像十年前一样，面对着一个男人，他的每个问题都隐藏着一个陷阱……不，我不能，我不能。

只是，苔蕾丝，这个让你萌生爱意的人，既然你在迎来他可怕的死亡时感受到的是欣喜，那么这段你引以为傲的爱又有什么价值呢？虚伪的人！你称之为爱情的这种东西，不过是一个在荒漠里游荡，发现符合心意的猎物就扑上去的魔鬼。等猎物被处理掉之后，你爱情的魔鬼就会重新开始游荡，感觉得到了解放，但还是遵从自己的法则，那就是出发去寻找新的猎物，扑向它，吃掉它……

菲利下葬后（那个被他抛弃的妻子，那个波尔多小女人来为他收了尸，真让人绝望！他为什么没有向她求助？他需要多少钱，她或许都可以给的。"我宁愿死！"他反复对我说），我来到这家旅馆，不像一个服丧的情妇，更像一个正在康复的病人，怀着双重的、美妙的忧虑，感觉我的魔鬼在游荡，无所事事，寻找着新的猎物。

我就是这样，说到底，让我震惊的，不是我犯下的事，而是我没有犯的事。是的，我被抛弃了，任何人都没有被这样抛弃过，我的身心已经经历了这些，我怎么没有去过放荡的生活，就像人们说的，放荡，放荡？……我听得很清楚：你很聪明，苔蕾丝。你大可以对自己说：非常聪明。至于那些女酒鬼，夜里，你会在香榭丽舍大道或布洛涅森林的长椅上跟她们说话，可她们都是些蠢货。我们比男人更需要智慧。愚蠢的女人一旦脱离了家庭和世俗的束缚，就会堕落成野兽。是的，你有足够的智慧，可以避免陷入那种堕落，却无法免于被恶习缠身……噢！我很清楚，你家族中的女性只要一想起你的所作所为，就会满怀恐惧地画十字……如果我疲惫极了，脚因为一直往前走而受了伤，任由自己倒在一座陌生教堂的椅子上，屈从于自己时不时感觉到的那种奇怪的诱惑，如果我真的走进一个小房间，一个男人被关在那里，他隔着铁丝网把耳朵伸过来；如果我在那里缴械投降，决定卸下最沉重的罪恶在我身上形成的重担，我也只能吐露一小部分，因为这类行为不胜枚举。那些过了很多年之后才去忏悔，想要重现一切，不遗漏任何东西的人，他们会怎么做？如果我是他们，我会觉得只要遗忘了一件恶行，就无法得到宽恕，只要有一件琐事逃出包围着它的网，我所有的耻辱就会重新成形。

然而还是有一道槛，我没有跨过去……我这么说会显得很荒谬：我的心既让我堕落，同时又救了我……它把我卷入凄惨的故事，让我堕落；但它不允许我的身体独自出发去寻找养料，因而又拯救了我……算了吧，苔蕾丝，你想让自己相信什么呢？你不是跟其他女人一样，有能力作恶吗？或许是这样，可到了第二天，我就会清算：有欢愉，有羞耻，有恶心，但占上风的总是恐惧。

这样你就可以算出堕落过多少次了……还有，你几乎总是需要柔情作为诱饵；在那些最凶险的奇遇里，你的心总会陷进去。要想前进，要想深陷其中，需要这样的诱惑，或许，你已经提前知道这种希望破灭了。啊！我对菲利的自杀表现出如此可怕的冷漠，或许是因为在这种冒险刚开始的时候，我就确信这是一场骗局，这个男人不过是一个借口……是这样的：我的心几乎是胡乱地抓住了这样的借口。确实是胡乱抓住的：我的爱情是一只鼹鼠，一种没有眼睛的动物。仿佛人们可以在无意间，遇到一个如此温柔的人！而且，真的存在温柔的人吗？无论男人还是女人，只有在我们爱别人时才是温柔的，在别人爱我们的时候可不是。

我和这个男孩之间发生了什么……什么也没有发生！我曾经感受到的东西，我依然在感受的东西，才是鲜活的……第一天，我带着平静、放松的心情走进了旅馆的餐厅。或许，趁复活节假期团聚在此的家庭都在可怜这个孤独的女人，她吃午饭的时候无事可做，只能读书。他们猜不到，在我的荒漠中，旅馆里的这段生活就像一座避风港，他们的在场散发出一丝人情味，只是看这些人面熟就已经足够了。

他们让我感到温暖，却不会让我羡慕；看到父母和孩子挤在一张桌子周围，我回想起生命中的那个阶段，贝尔纳坐在我对面，用他特有的方式嚼着食物，擦擦嘴，然后喝水，那样子让我感到害怕；直到他抱怨阳光直射在他的眼睛上，于是他坐到我右边，这对我来说是一种解脱……谁知道呢？如果他一直坐在那里，如果他从来没有坐在我对面，或许我不会产生那个想法……可是为什么要一直回到这个问题上来？……

这家人坐在离我最近的一张桌边：母亲、祖母和小女孩；她们执拗又正派的神态，像是复制了三份，从祖母开始，原封不动地分发下去，一直传到小女儿身上。至于那个男孩……他多大了？十八岁？二十岁？不管怎么说，谈不上漂亮。让我的目光停留的是一个奇迹，这奇迹或许是别人看不到的，因为似乎没有人注意到。什么奇迹？不掺杂任何杂质的青春，完美无瑕的青春。晨曦照耀着这张脸，上面没有一丝困惑。我不带感情地盯着他。至少，我觉得我是不带感情的……仿佛我对菲利的爱没有化作一团依然滚烫的灰烬！每一次，我都会在退潮的时候被骗；我以为我的心已经死了，其实它只是在恢复体力。在激情的间隙，只要没有人来捂住我的眼睛，我就会看到镜中的自己，比实际的我还要老，筋疲力尽，不堪重负。觉察到这一点后，我获得了某种安宁。它让我安心：战斗已经结束了，爱情这种肮脏的东西已经跟我无关了。我仿佛在一座无法企及的阳台上，俯身探查别人的生活，也探查我的过往。在我的每一段狂热行为之间，我不记得我曾体会到一种确定的安全感。在我看来，我经历的每一段爱情都是最后一段。还有什么更有逻辑的事？每一段爱情的开始都出自我的意愿。我知道具体是在哪一分钟，我心甘情愿地跨过了命运的门槛。可那时我怎么能想象，在我身上依然留着灼伤的痕迹时，我会再度变得疯狂，又一次主动跳入火坑？真是难以置信……连我自己也无法相信。

于是，我看着这个陌生的年轻男人，仿佛在看一株漂亮的植物。他应该是因为考试而疲惫；他在吞药片，吃完饭，家人就强迫他躺一会儿。这些过分的关注似乎让他筋疲力尽，他对待母亲和祖母有些粗暴，温柔的语气中带着抱怨。他经常在读东西，主要是读那种无法通过封面颜色识别出来的杂志。即便在吃饭的时候，他也忍不住从口袋里拿出一本读起来，但家人很快就提醒他该守规矩。他叹了口气，顺从了，甩了甩头，把一缕总是垂到前额的头发甩到了后面。

我看着这场表演解闷，在不引起他们注意的情况下盯着他们，这种技能是我偷偷观察别人时学到的。我自己也带了一本书，是《查泰莱夫人的情人》。我在上菜的间隙假装读了起来，余光却从未离开年轻的邻座。没有任何迹象表明他对我有哪怕一丝兴趣。只是一天上午，我恰好看到他正在翻阅劳伦斯的这部小说，是我把它落在大厅的一张桌子上的。等我走上前去，他赶紧放下，依然孩子气的面颊涨得通红。他扭过头，走开了。

就在第二天，我的心被击中了，我本该习惯的，但依然震惊，或许下一次我还会目瞪口呆……

吃午饭的时候，我观察着这个男孩，他心不在焉地吃着东西，目光空洞。有的年轻人仿佛永远不在场，神情像是在别处，被不知道什么样的幻想吸引，实在是找不到比这更优雅的景象。这个男孩看上去那么心醉神迷，忘乎所以，以至于我觉得可以随意盯着他看，不用使出那么多手段。可他的目光是那么专注，令我惊讶。我沿着那个方向看去：我诧异地发现，他正在借助镜面（餐厅里有很多镜子）看我，他的表情是那么沉迷，让我震惊不已！我赶紧垂下眼睛，免得他发现我识破了他的诡计。他的目光一直没有离开我的映象，而且依然带着同样的神情，既克制，又热烈。

我该如何形容当时的感受呢？像一片被灼烧过的草原，只要一场雨就能让它重新变绿……是的，是这样：倏忽而至的春天，猛烈疯狂的春天。我以为已经死去的一切又开始萌芽，盛开。我的身体像一座废墟——现在这种感觉已经不复存在。突然之间，我失去了所有关于身体的记忆。我激起了这个陌生人的兴趣，虽然我这时还不相信自己的眼睛，但这让我恢复了青春和逝去的优雅。我心里产生了一种羞怯的抗议："你很清楚这不可能……"回忆朝我涌来，我想起一些比我年纪大很多的女人，她们同样被人爱着。而且，这个男孩看到的并不是背光的我，南方的阳光洒在我的脸上。不，不，我就是原来的样子，我身上有什么东西打动了他，让他着迷，这是一种我说不清道不明的东西，在我刚到巴黎的头几年里，我经常注意到它的威力。

有这道目光就够了，我已经准备好了接受一切！我已经感受到了幸福，虽然微不足道。我知道我要付出代价，而且是非常沉重的代价。可我尽量不去这么想。不管发生什么，我首先感受到的是幸福，是第一个默契的微笑，最初的交谈——对自我的侵犯已经开始，让我感到窒息。

看到他的时候，谁能想象这样一个心不在焉的孩子会如此关注一个女人？说真的，热情灼烧着他的脸。弯弯的眉毛下，忧郁的眼睛在燃烧。一张大嘴很美，笑起来会露出闪闪发亮的牙齿。那一缕头发不停地挡住他的额头，削弱了这张年轻面孔上的禁欲气息。

离开餐厅时，他跟我擦肩而过，但一眼也没有看我。他真高！他是那种身体比相貌早熟的少年，是个长着孩子面孔的男人。

我忍住了，没有跟着他出去。我走进大厅时，他正在跟祖母争吵，祖母想让他躺着（家里的其他人要坐车离开）。啊，什么？他不想一个人待在旅馆里，找机会跟我说说话吗？我已经开始担心了。我已经开始怀疑和焦虑了。可这种感觉没有持续太久。他为什么觉得我会待在大厅里？而且这也不符合我的习惯。在我坐到他的邻桌之后，他突然决定听从家人的命令，这是不是一种巧合？喜悦又一次让我窒息；我慢腾腾地喝着滚烫的咖啡。

他穿着撑不起来的大鞋子、皱巴巴的袜子，廉价的灰色法兰绒裤子有些往下滑。我假装在读书。这次他不能借助任何镜面了，但我注意着不打扰他的计谋。而且，也不需要抬起眼睛：我能感觉到他的目光落在我身上。可时间在流逝，什么也没有发生。我知道他躺在那里还不到一个小时。过去的每一分钟都变成了一种痛苦。要找什么借口靠近他呢？我惊慌地发现什么借口也找不到。外面天气好吗？下雨了吗？时间一点点过去，而我们还没有说一句话。最后他站起身，活动了一下他修长而僵硬的身子——他身材那么修长，让我觉得他脑袋太小，像是水蛇的脑袋（头顶有点平）。他走远了。我把烟扔掉：

"对不起，先生……"

他回过头，对我微微一笑，目光是那么温柔，但又灼热到让人无法忍受。我对他说，我看到他之前在翻阅劳伦斯的这部小说，如果他想读，我很愿意借给他。他的笑容消失了，脸上的线条变得僵硬起来；他看着我，神情里流露出来的可能是愤怒，总之可以算是忧伤。我松了口气，我开了口，他就在那里。最困难的事已经完成：我们建立了联系。通过最初的这几句话，我走进了他的生活，他也走进了我的；他只需要那道目光便可以走进我的生活。他还不知道，他已经无法轻易找到出口逃跑了。首战告捷后，我沉浸在喜悦和放松的心情里，没有听到他的前几句话。不管发生什么，任何事情都阻止不了我们继续演下去。

他一直用天真而冒失的目光盯着我。大厅里只有我们两个人。现在回想起来，那天天气很好，所有人都在外面。终于，我能听见他在说什么了。他的语气很生硬：

"要不是为了让您不要读这类书，文学批评也就没必要存在了。我不用凑过去，就知道里面的内容……"

我胡乱回答了几句，免得一直沉默，我说这是一本值得称赞的书：

"啊！"他叹了口气，"我很怀疑……"

他语气中包含的更多是焦虑而非恼怒，他直勾勾地盯着我。我已经惹他不高兴了，我冒犯了他。我已经不符合他的期待了。我真想让他放宽心！我还不知道他希望我是个什么样的女人；但我很快就会知道，对我来说取悦他会很简单。在我看来，最困难的是刚开始谈话时的试探。

我集中精力听他在说什么，他语速太快了，几乎变得结巴起来：

"一本值得称赞的书！这么说您没有被吓到！"

我感到他似乎隐约有点嫉妒，他害怕我也是查泰莱夫人那样的人。可是，出于本能，我对他使出了一招，在我以前生活的那个圈子里，每当谈到色情著作时，这一招总能见效：我向他保证，在我希望幻想愉悦的场景时，不需要借助任何书……

"您这话说得真下流……"

看我有些惊讶，他又补充道：

"可我不相信您！"

他甩了甩头，把那一缕头发甩到后面，用炽热又充满柔情（我是这么认为的！）的目光看着我。那一刻，我是多么爱他！要不是服务生正在收拾喝茶的桌子，我想我会露出马脚。我困惑极了，说出来的话也言不由衷。不，这不仅是因为我感到困惑；实际上，我也觉得他的话很奇怪。我更专注地听了起来。我激起了他的兴趣，这一点在他的脸上表露无遗，甚至也表现在他的语调里。他说的话却跟他热情的嗓音不相符。我反驳说，我不想让他对我产生哪怕一丝幻想：

"不，我没有把您想得比实际的好，"他说
（依然用热切的目光看着我），"我比您想象的更有
经验。我从来不会被外表欺骗。我觉得我从来没
犯过错，特别是在面对有些年长的人时。"他的
语调十分自然。

我从未想过他会把我归为这一类人。我的心
悬了起来。

"我这个年龄的年轻人更有迷惑性。应该当
心那些有着天使面孔的男孩女孩。可是我已经学
会了去识别这类人。堕落的天使都是美貌的，对
吗？关键在于知道这一点。至于那些阅历丰富
的人……"

这一次，我不再怀疑，他说的就是我。

"上了年纪的人……"我带着拘谨的笑容重复
了一遍。

我暗自期待他会反驳我，至少是装装样子。
然而什么也没发生。他只是把目光稍稍移开了一
点，说：

"是的，从中可以看到他们的整个人生。"

起初，我没有说话，这个大男孩审问官一般
的目光让我不知所措。随后，我下意识地做出了
一个举动，我见到喜欢的人时，总是用一个神秘
的、富有戏剧性的承诺来留住他：

"我的人生经历会让您震惊，这个故事您听了
会害怕；不管您怎么想象……"

他突然打断了我的话，向我保证他不想刺探
我的任何秘密。他以一种奇怪的方式强调，他没
有资格打听这些事，"或者是原谅它们"，他低声
补充道。

这时，我开始隐约感觉我被这张冷峻又热情
的脸欺骗了，可我没有向自己承认这一点。他对
我表现出强烈的兴趣，这让我感到安心。虽然他
把我归为上了年纪的人，但没关系——尽管我在
他眼里显得老了，但他依然没有把目光从我身上
移开，很少有人这样热切地看着我。

"不管您做过什么，"他低声继续，"我在您
面前没有这种感觉，而感觉从来不会欺骗我。要

怎么定义呢？对，有时候，在社会上，在某些男人、某些女人旁边，我会在生理上感觉到，他们的精神已经死去……您能理解这是什么意思吗？仿佛他们的灵魂已经变成了僵硬的尸体。对了，您……您会原谅我的直率的（不管怎么说，有可能是我搞错了！）。我敢打赌，您的灵魂得了病，病得很重，但还活着……对！还充满生机。自从我开始观察您，一种强烈的对比就盘绕在我心里：一方面是您迄今为止的生活是怎么样的，另一方面是种种可能……我没有冒犯到您吧，夫人？您在嘲笑我？"

他停了下来，我的笑让他感到窘迫。我在笑，但不是笑这个傻瓜，而是笑我自己。我笑自己犯了一个大错；但同时也是因为喜悦而笑，因为刚刚避免了遭受羞耻之事而笑。刚才我差点要做出什么举动，抓住他的手……我松了口气。我突然明白，在这位埃利亚辛眼里我是什么形象：一个老女人。他甚至想象不到我有多慌乱。我看着这个二十岁的傻瓜，他忧心的竟然是女人的灵魂。

我恨他……他重复了一遍：

"您在嘲笑我？"

我站了起来。我觉得我必须离开，出去走一走，消消气。与此同时，我也担心自己会忍不住说出一些话，把他从我身边永远推开。我不想失去这个男孩；接下来，我只需要向他证明我还活着，但不是按照他以为的那种方式活着。我听到自己用甜腻的声音对他说：

"先生，在您这个年龄，思想竟然如此深刻。或许有点冒失，但很深刻！"

他反驳说，他不想做一个深刻的人。至于冒失，他觉得自己确实有点。他想加快速度，跳过几个步骤，不理会缓慢和谨慎的规则。任何失败都无法改变他。他又为自己试图解读我的想法道了歉，可我什么也没有吐露。

"不管怎么说，先生，这份热忱会为您带来光荣。"

我向他伸出了手。我抓着他的手停留了几秒钟，他的手有点潮湿，现在想起来觉得有些恶心。随后，我微笑着又加了一句，以前，这个微笑会让别人爱上我。"今天晚上，您想再跟我聊聊吗？"

我没有等他回答，便丢下了他，在走远之前说：

"您对我帮助很大。"

我微微闭上眼睛，强调了"很大"。我知道要对美好的灵魂说些什么。这不是我第一次遇到这种人，却是第一次受骗！我急于一个人待着，我无法再忍耐下去。我快速走开，朝维尔弗朗什走去。

这家位于小港口边上的小酒馆的露台，我记得很清楚。凄凄惨惨的姑娘们看着英国水手挤在一艘小船上，要回到大船上去。落在后面的人加快了步伐。他们踢了足球，身上穿着肥大的短裤，没有遮住满是血渍和泥土的膝盖。姑娘们努力在人群中挑选能陪她们一个小时的伴侣："这个是我的……我的在前面：就是那个高个子红头发的……"我想到了那个关注灵魂的年轻男子，他会觉得这群婆娘会永垂不朽！啊！我真想把那个小基督徒交到这群野兽手里！或者我愿意亲自为他挑选，就选那个独眼的。她在大喊，因为"她的那位"没有时间喝啤酒。突然，在众人笑声的鼓动下，她两手抓着杯子，靠近小船，把杯子递给男人，男人面对几乎还是个孩子的长官空洞的目光，一饮而尽。

这是个阴沉沉的夜晚，没有月亮。无边无际的大海气味微弱，被紫罗兰的味道盖过了。我离开大厅时，他的目光一直跟随着我。我没有走远，害怕他找不到我。我犹豫不决，在旅馆的灯光下游荡着。我情不自禁地想到，如果他爱我，那么这份期待又意味着什么。有那么一瞬间，我想到或许我也可以搅乱他的心绪……让我们不再相信自己的力量，是多么痛苦啊！真的存在纯洁的男人吗？存在吗？不，当然不存在！至少，他们表面的美德下，总是隐藏着什么秘密……我重复着这一点，知道这不是真的。我回想着我认识的那些少年，他们天生就是那么严肃，得花些力气放低身段才能与我交流。

他走下台阶。他的礼服裁剪得不合身，领带扭在了一起。我晃了晃香烟，提醒他我在这里。他走上前。我什么话也没跟他说，他的窘迫让我觉得好笑。他又为自己的冒失道了歉。不过，他在努力解读我的面部表情，我的沉默触动了他。或许，他隐约感受到了我此刻的恨意。如果他想伤害我，我不会如此厌恶他。

我原以为他会把我当成一个女人，我疯疯癫癫地期待着从他那里获得一份热烈的感情，可惜这样的想法根本不会掠过他的脑海；可怕之处就在这里：这个问题根本不会摆上台面。显然，在他眼里，我是一个早已完蛋的女人。不，造成犯罪的并不是意愿本身，而是缺乏意愿。如果他想伤害我，损害我，我就能以他怀有恶意为由，让自己安心。女人可以期待恨她的男人做出任何事。然而，如果怀有某种善意，那就无法挽回了。他表示，我作为女人已经死亡；这种表示是在无意识之间做出的，所以也就无从辩驳。

我们坐在一张长椅上。突然，我问他多大了。

"二十岁……很快就二十一岁了……"

可怜的人！如果我能唤醒他身上的忧虑，让他感觉某种东西在持续消逝，造成无法弥补的损失，那我不就报复了他吗？每一个从我生命中经过的男孩，我都向他们传达了这种忧虑，那就是人每一分钟都在变老。他们折磨了我，然后抛弃了我；我呢，我把一个垂死之物留在了他们的怀抱里：那就是他们的青春，他们眼看着自己的青春逝去；从今往后，他们便只剩下这种苦恼，其余的一切都不复存在。

轮到我说话了；我说一些最平淡无奇的话，看不到的大海，紫罗兰的气味，远处飘忽不定的管弦乐演奏声。我说这是幸福的氛围，而此刻唯一缺少的正是幸福……

"您看不见我……请您把我想象成一个年轻女人……"

我停了一会儿，他没有想到要反驳说，他不

需要等到晚上才能相信我年轻。他平静地回答，在他看来，人们习惯于在戏剧和电影中呈现的爱情的氛围，与现实毫无关系。他又说了几句关于爱情的话，显得有些矫揉造作："爱情的花朵会在任何地方盛开，在医院的大厅或麻风病医院里，比在海边的露台上更常见。"我对他说，我们谈论的不是同一种爱……可他的意见恰好相反，他认为所有的爱都是同一种爱：我们赋予不同物体的，只有一种爱。这些话没有任何意义，丝毫没有表达出我们之间的深层冲突。最后，我鼓起勇气问了他一个明确的问题：今天他拒绝了尘世的幸福，今后不会感到后悔吗？他不会一直想着曾经错失良机吗？

他没有回答，要么是我触及了敏感问题，要么是他想留出时间让我继续说说我的想法。他的沉默让我勇敢起来。我让他放心，青春消逝之后，我们忽略或挥霍的幸福并不会如影随形，陪我们老去。我们曾拒绝听从某道目光的召唤，日后便再也不会遇到那样的目光；有时候，我们会穷尽一生来追寻它。年少时，我们以为可以把幸福推迟一些，以为总会遇到幸福，这种想法真是疯狂！

他看起来不为所动，我却哭了。他静静地看着我。

"我们走偏了，"我结结巴巴地说，"我什么也看不见了。"

我在草坪上跌跌撞撞地走，他抓住我的手，把我带回原路；我抓得有点紧，他马上把手抽了回去。我忍不住了：

"您说点什么啊！给点回应啊……"

"回应您什么呢？您还不知道'爱''幸福'这样的词意味着什么……"

"那您呢？您以为您可以教我？可怜的孩子！"

"这与年龄无关，"他平静地说，"有的人自始至终都懂，有的人在二十岁的时候才懂，还有的人要经历多年的痛苦，大部分人是在死亡将至时才醒悟。"

我喃喃地说：

"这都是些什么话！"

"所以您……"他继续往下说，仿佛没有听到，"一切都有待您去学习。一切都在您面前，您却不明白。"

我用轻蔑的语气说，我也有过属于我的那份爱，哪怕只是跟他说出其中最微不足道的一部分，他都得堵上耳朵。

"可怜的孩子！在您生活的环境里（我很了解，因为我也出生于这种环境），人们称之为不堪承受的过去……如果您猜到了……"

他反驳说，虽然这段过去如此难以承受，但只需几滴眼泪，只要抬起一只手放在我的额头上，我就能重新变成一个孩子。

"这种爱就是这样……"

最后几个词几乎听不见。我重复了一遍：

"什么话！"

我们走在从旅馆房间里发出的亮光下，我看到他脸红了。是的，一种严苛到可怕的激情笼罩在这个少年身上，或者说（要怎么表达我的感受呢？），某种力量完全控制了他，并且从他身上溢出来，灼烧着我……我几乎是情不自禁地低声对他说：

"我恨您……"

他也压低了嗓音，清晰地答道：

"可我——我爱您。"

这句话，我荒唐地渴望了那么久，等待了那么久，终于等到了；就是这句话，可也不是这句话，唉！我一秒钟也没有弄错：

"可怜的疯子！"我反驳道。

根据我的回忆，他跟我谈了谈他希望我拥有的这种疯狂，他以后每天都会祈求我拥有这种疯狂。

"我不需要您的怜悯！虽然我付出了沉重的代价，但我也有过属于我的那份爱……"

我第三次重复"我也有过属于我的那份爱"，然后号啕大哭起来。不，这是一个谎言；对我来说，一切在开始之前就已经结束。不必再对爱情有任何期待，在我的青春年代，爱情对我来说是陌生的，如今依然如此。我对它一无所知，除了我对它怀有过欲望：这份欲望纠缠着我，使我变得盲目；它把我丢在每一条死气沉沉的道路上，让我四处碰壁，让我在泥坑里踉踉跄跄，让我筋疲力尽地倒在沟里，沾满污泥。

他走了。我重新走进花园深处，哭了起来，以前也曾这么哭过：泪水急速而下，毫不费力地流淌着，脸都没有抽搐一下。我久久地等待着这场暴风雨的终结，直到晚风让我灼热的脸变得清凉。

女孩教育（节选）[1]

陈雪乔 译

[1] 1931 年，莫里亚克受邀发表了一篇题为《噢，女人，你究竟是谁？》（《Ô femme qui donc es-tu?》）的演讲。后来，这篇讲稿被莫里亚克重新修订，并更名为《女孩教育》（《L'éducation des filles》）。与另一篇题为《小说家及其人物》（《Le romancier et ses personnages》）的文稿汇编成书，于 1933 年出版。

　　直到受邀发表对女孩教育的看法时，我才意识到，自己从未在生活中思考过这一重要议题，哪怕一个小时也未曾有过。一到上学年龄，我的女儿们就按照家族惯例，被送去了修道院。其中一个还戴着一条有点褪色的蓝色智慧绶带，这是她们的曾祖母传下来的。不过，我之所以接受邀约，恰是源于自己对女孩教育一无所知。的确，这是个从天而降的好机会，让我得以从自身出发研究这一课题。

　　在尝试阐明如何看待女孩教育问题时，我发现它取决于另一个更为重要的问题——首先要探究的应该是对整个女性群体的看法。毕竟，凭空构建的思想体系是站不住脚的，对女性这一群体的看法自然决定了我们对女孩教育的看法。

在我看来，这个问题相当棘手，唯一的突破口是避免任何先入为主的观念，转而审视自己最直接、最具体的经验，哪怕这会显得自己平庸且没见过世面，仿佛每时每刻都在发现新大陆。

*

我儿时度长假的房子前有一片草地。草地一直延伸到一条公路，平日里鲜有人踏足。然而，每逢周日午后，我总能看到成群的农民由此经过，赶回那隐匿于松林深处的农场。有个场景让我震撼不已：男人挥舞着手臂向前走，他们摆动的双手宽厚有力，手里却空空如也；女人则跟在后面，如同负重的母驴般驮着包裹和篮子。

参观佃农农场时，我总会遇到怨声载道的父母。他们抱怨自己干不动了，恨不得女儿立刻长到十五岁零三个月，找个人嫁了，好给家里新添一个劳动力。女孩存在的唯一价值，就是给家里带回一个成年工人。于是，一到适婚年龄，女佃农就会穿上一袭洁白的婚纱，走在小提琴手后面，尽管脸上依旧是一副稚气未脱的模样，这样的场景让人感到惊讶不已。不久之后，当我们穿过小米地，遇到一个看不出年龄的女人直起身回应我们的问候时，确实很难认出，眼前饱经风霜的妇女就是昔日的小女孩。男人收集松脂时，女人就在田里干着更为繁重的农活。这还不算完，她们还要承担所有的家务：我认识一位农妇，除了参加婚礼或葬礼时，她一辈子从未坐下来吃过饭。没什么可以让她们在累死人的农活中得到片刻休息，即便怀孕了也不行。大多数女人刚生产完就又开始忙碌，没有休养几天的讲究。产后很快离世的女人不在少数，也只有这样，她们才会停下手里的活儿。而那些幸存的女人，将在余生忍受一切不难预见的苦难。

也许甚至可以肯定地说，今日的情况大有不同；但我想说的是，如今印度和印度妇女的悲惨境遇在国内引起的轰动，让我感到前所未有的震惊。

*

　　或许有人会反驳说，不管怎样，这些事只发生在农民身上。然而，在外省和乡下的中产阶级家庭中，女性受到的规训也如出一辙。中产阶级女性也许不再需要干活，但她们并未因此获得更多自由，反倒被严格地禁足于家中。仆人和孩子构成了她们生活的全部。当我们说一个女人"从不待在家里"时，就意味着她已经声名扫地。她是个"不守本分"的女人。小时候，我本可以结识一位夫人，可她丈夫只允许她掀起窗帘的一角，透过窗户窥探村里的庆祝活动。这些丈夫为了自己的生意常年奔波，频繁光顾咖啡馆，每周去首都好几次，还时不时允许自己小小地放纵一番。妻子们都对此不闻不问：没人管得了这些大老爷。如果丈夫喜欢她们做的菜，也没有埋怨羊腿烤得太焦，她们就非常知足了。至于其他的，妇道人家无须懂太多。如若一个女人从不待在家里就会被人戳脊梁骨，那胆敢热爱读书的女士又会招来怎样的闲话？如今还有人会担心，甚至反感家里有博览群书的女性。

乡下中产阶级家庭里的女人很少外出，因此很快就发胖了。女佃农则是由于其他原因而过早显得衰老。我们在外省家庭的客厅里翻阅旧相册时，很少能在泛黄的照片中找到所谓的年轻女人。有人给我指了指一位祖母的照片：

——她当时二十二岁，是在生完保罗叔叔不久后拍的……

二十二岁！这位和蔼可亲、体型臃肿的女士才二十二岁！一旦结了婚、生了孩子，中产阶级女性就会变成一个身材肥胖、只穿深色衣服的人。而且她们几乎总是在服丧。外省家庭有条残酷的规定，给绝大多数女性永久性地蒙上了黑纱：头纱蒙脸六个月，然后披在身后十八个月，纱的厚度和长度都要遵循严格的规定。公众舆论也不会容忍任何违反既定规则的行为。祖父母、叔祖父逐年去世，因此年轻女性一辈子都无法脱下黑纱。

　　所谓上流社会的女性或许一直存在，至少曾经存在过。这些女人顶天立地、光芒四射，让男人拜倒在自己脚下。小说、回忆录和戏剧中描摹的女性几乎都属于这一群体，以至于我们一提到"女性"两个字，想到的便是圣西门公爵、巴尔扎克、布尔热[1]和普鲁斯特作品中同类型的"贵妇人"。不过，倘若要在女性的普遍境况中探求女性教育的准则，公认的"贵妇人"恰恰是我们最不感兴趣的群体。受出身或财富的帮衬，这类特殊人群生活在一个既定规则被推翻的环境中，这里的女人统治一切，或至少看起来如此。我之所以这么说，是因为她们一旦受到爱情等因素的影响，回归到普遍的境况时，就会和最卑躬屈膝的姐妹一样，很快被男权奴化。社会礼仪调和了男女关系，看似一切都以女性优先为准，但恋爱中的女人知道，在有些时刻，这些礼仪几乎荡然无存，也明

1　保罗·布尔热（Paul Bourget，1852—1935），法国诗人、小说家、文学评论家。

白在公共场合看起来彬彬有礼且十分绅士的男人，实际上是怎样一个可怕的暴君。

　　我可能过于简化且有意夸大了这一现象，毕竟我不是要在此呈现现实本身，而是要描绘从小就被迫接受的扭曲图景。女性受到的压迫和奴役让人感到可悲，导致我对女性教育的认知多多少少显得有些混乱。（当然，这一现象也常常是反过来的：在很多情况下，妻子成了夫妻中更强势、更具男子气概的一方，妻子才是男性。她懦弱的伴侣则是受桎梏、被奴役、表服从的一方。）

　　不过，有一条法则倒是可以抵抗男性对女性的无情压制。至少在一段时间之内，爱得更深的人会服从于爱得不够的人，强势的一方会受制于弱势的一方。不过，我说的只是在一段时间内。男人的钟情即便被夸出花，也只是昙花一现。莫里斯·多奈[1]笔下的一位女主人公就说过："在爱

1　夏尔·莫里斯·多奈（Charles Maurice Donnay，1859—1945），法国剧作家。

情中，受罪的往往是女人。"是的，女人几乎总是输家；女人不会主动结束一段关系。她们宁愿承受最糟糕的对待也不想被抛弃，宁愿受苦也不愿失去折磨自己的人。

*

在现实生活中，孩子们降生得恰到好处，把女性过剩的激情吸引并固定到自己身上。难道说，孩子把女性从男性手里解放了出来？事实是，女性刚卸下一副枷锁，又换上了另一副。根据我对身边人的观察，在平民和中产阶级大家庭中，母亲简直就如温水煮青蛙般被活活吞噬。她刚能下地，就又怀上了孩子。在接连生育的岁月里，她不能指望有任何休息的时间。各种疾病在孩子间相互传染，腮腺炎、百日咳一发作便是好几个月，孩子整宿整宿咳嗽让她在夜里也不得安生……谁会不记得那些发烧的夜晚？当我们仰望天花板，凝视夜灯的光晕时，总会有只手撩起我们的头发，落在发烫的额头上；总会有只小勺在杯子里叮当作响。发烧的我们受到了无微不至的照看、爱护和治疗。可那个照料我们的女人却无时无刻不在消耗自己的生命。在温馨和睦的大家庭里，我们目睹过多少年轻女人殉于母职啊！

我们可能还认识许多独生子女家庭。这些家庭的母亲会更自由吗？她臣服于独生子的权威之下，而独生子往往比丈夫更让人窒息。如果不是亲眼所见，根本无法想象，这些外省家庭中的独生子会专横到什么地步。我记得有个儿子只愿意在猪圈顶上喝汤；另一个则是在村里举行庆典的那天，要把一匹木马的螺丝拧下来，把它牵回自己的房间。我还记得，这个小男孩只要一生病，就会强迫女仆或母亲躺在他身边。她们只有等他睡着后才能起身。

随着年龄的增长，小暴君又逐渐成为母亲的奴隶，他再也离不开自己的受害者；他折磨她，却又受她奴役。这在法国，尤其是法国南部极为常见，我曾在《母亲大人》中描写过这一悲剧。

*

即使在今天，女人只需踏错半步，就会被称为失足妇女。我知道，部分女人之所以误入歧途，是因为她们再也无法忍受诽谤。她们说："至少现在，对我的诽谤都成真了。"面对这些迷途的羔羊，其他女人毫不留情地成了男人的帮凶。她们比男人更残忍，她们不允许自己的姐妹逃脱男权。她们的报复就是看着这些"叛徒"卸下婚姻和母职的枷锁，套上另一副更屈辱的枷锁：男人让那些取悦自己的女子肩负的枷锁。

这难道不也是教育工作者应该思考的问题吗？从官方制度层面贬低庞大的女性群体是我们见怪不怪的暴行。对任何打算撰写女孩教育主题论文的人而言，庞大的女性群体遭受的世俗谴责——这些谴责往往打着维持社会平衡的旗号——是个引人深思的话题。它们如深渊般在年轻女孩的脚下张开血盆大口，其周遭的环境如此诱人，可一旦跌进这肮脏的洞穴，几乎没有女人能再爬上来。对这一深渊视而不见，和掩耳盗铃没什么两样。我们在下结论时，必须考虑女性受到的可怕屈辱。

在关于外省的回忆中，我想到了一个突然消失的年轻女人。

人们说："再也见不到她了。这是一个再也见不到的女人……没人收留她……大家一见到她就都背过身去了……"

有人说："您不会以为她还有脸过来跟我搭话吧……"

我仿佛听到一声闷响，这个女人的命运之门便由此关上。

落入陷阱的可怜人慌不择路，走向了可怕的极端，这种情况以前一直有，现在每天也还在发生。而尤其可以肯定的是，在堕落之前，可怜人也是人们口中的本分女人，没做过坏事。她只是和许多真正堕落的女人一样，不知道如何恰当地宣泄自己的激情。

最近，我在重罪法庭目睹了一起极端案例。被告席上坐着一位满脸错愕的中产阶级妇女。近二十年来，她一直是无可挑剔的妻子。她没做过坏事，只是掉进了一个个为她设好的陷阱。整个世界，包括本该和她站在同一阵营的人，都与她为敌。男人追求她、纠缠她，用虚假的承诺把她从家里哄出来。她坚持了很久，可还是没能抵挡住诱惑。在法庭的整场辩论中，没有人站出来攻击引诱她的人。这个人没有违反游戏规则。大家都心知肚明，男人有狩猎的权利。作为猎物的女人应该固守城池。唉！这样的事每天都会发生，猎物被逼到绝境就会突然发起猛攻，变得凶残，或是偷袭卸下武装、仍在熟睡的猎人。

*

或许有人会说，这些都是例外，不值得引起教育者的注意。可只要读读报纸，就会发现事实恰恰相反。还没有爆发、不为人知的悲剧依旧广泛存在。天晓得那些埋藏在家庭里的秘密是什么！我的苔蕾丝·德斯盖鲁拥有众多姐妹。

在我最遥远的记忆中，还有其他女人的面孔逐渐在脑海中浮现，她们也臣服于男权；不过，我敢说，她们只是在消极地臣服。这些女人因举止粗野、家境贫穷，或出于某种无法推断的、神秘的家庭原因，而与男人保持着距离。大家都认为这是再自然不过的事。她们出局了；她们被强制淘汰了。

我想起几个童年时代的老姑娘，大家很少谈及她们，最多只是付之一笑。奇怪的是，在我的记忆中，好几个女人的面容既不悲惨，也不绝望；

她们或许有点难过，但同时仿佛沐浴在自己内心深处散发的光芒中。我想起了那个住在偏远村庄、小米地附近的女人；她照顾病人，讲解教义，为新娘梳妆打扮，为过世的人守夜并安葬亡人。

我认识多少这类卑微的姑娘啊！人们只有在需要服务时，才会想到她们！我曾在其中一个姑娘家有些潮湿的沙龙里，度过了一段宁静的假日时光。我坐在红色的棱纹平布沙发上，翻看了《茅屋夜谈》[1]。我还读了塞纳伊德·弗勒里奥[2]的《隐秘缺陷》和《阿梅勒·特拉埃克》。我隐约感到，这些女人身上散发着某种平和的气息，人们的忽视似乎反倒滋养了她们。她们没有一分钟属于自己。家里人一边感叹她们过着"多么贫瘠、平庸的生活"，一边又无时无刻不在打扰她们。总有些

---

1 《茅屋夜谈》(*Veillées des Chaumières*) 是一份创办于 1877 年的家庭娱乐周刊，包括短篇小说、诗歌、新闻、财经等栏目，主要面向中老年女性群体。

2 塞纳伊德·弗勒里奥 (Zénaïde Fleuriot，1829—1890)，法国女作家，著有 83 部小说，致力于为年轻的女性读者创作。

事情只有她们能做。

没有孩子不喜欢她们。至少我是喜欢她们的。和其他成年人不同的是，她们似乎还与孩子身处同一个世界。或许，她们沉浸在宁静的生活中，听到了嘈杂、动荡的世界里难以听到的声音。她们沉浸在孤独和被遗弃的生活中，发现了一个世人不再知晓的秘密。她们曾经失去了自己的生命，就像我们现在失去了她们一样。不过，在失去生命的同时，她们也拯救了自己的生命。我认为，教育工作者应该牢记自己在孩提时代从这些卑微姑娘身上学到的东西，尽管她们现在已与世长辞。

*

有人会说，所有这些都已成过往，是被废除的昨日世界。自那以后，女性就卸下了枷锁。如今，几乎在所有领域，女性都与男性平起平坐，要么成为男性的效仿者，要么就是男性的竞争者。像我这样在回忆中探索女孩教育的原则，很可能让自己囿于一套过时的制度，一套不太可能适用于当今女性的制度。因此，我必须在此做出一项声明，虽然我已经尽可能拖延了很久。我也知道这会让我显得有些可笑，像个老古董。总之，我鼓起勇气，做出如下声明：我不相信女权主义会征服这个世界。别误会我的意思，我并不否认女性的境况已经有了翻天覆地的变化；我否认的是"征服"这个词。除非这只是一种被迫的征服。当代女性取得的一切所谓成就，几乎都是受环境所迫。千百年来，规定女性地位的生存法则根深蒂固，从未改变。战争爆发后，问题再次凸显——已经罗列了千百遍的例子，还需要重复吗？——男女比例失调，中产阶级消亡，这意味着父母再也无法无限满足女儿们的需求，等等。

*

今天的女人是事业型女人，她们扔掉沾满口

红的烟头，为人辩护，穿梭于各个编辑部之间，解剖尸体，但我并不认为她们是征服者。

其实，问题并不在于女性是否能在那些迄今为止都专属男性的领域中脱颖而出。就我个人而言，我深信才华和天赋都不是强势性别的特权；这一点在诗歌、小说和美术领域已经得到了充分的证明，或许有一天，科学领域也会对此毫无争议。人类事业的各个领域从不缺乏女性的身影，而且每天都会涌现出越来越多的杰出女性，这在我看来毋庸置疑。

然而，我们在这里讨论的并非精英女性：让我们把目光投向那些普通女性吧，比如那些通过了高中毕业会考，获得了本科文凭，招来男生嫉妒的女生。与男性智力相当的女性往往只有在放弃生育的前提下，才更有可能涉猎文化领域。在我看来，她很难像男同事那样无私地献身于文化事业，并热爱文化事业本身。

*

　　我即将暴露内心的想法了吗？我刚刚写下的
所有言论既是对的又是错的，因为在谈论女性时，
我们必然总是一知半解。女性是不存在的，但一
个个女人存在。抚养的孩子不同，需要解决的问
题也会不同。这就是为什么没有一种制度是完美
的：它是一种制度，却声称具有普世价值。把孩
子比作一张白纸，认为我们可以在上面随心所欲
地作画——这种想法是极其错误的。孩子并不是
一块任由我们刻上印记的软蜡。刚出生的孩子就
已经非常成熟了，拥有各种倾向和偏好。至于什
么相信孩子的本性、顺其自然的说法，想都别想：
动物才有与生俱来的自我调节的特权，它们依靠
这种本能来生存和生活。人类的特权则是运用智
慧和理性，克制、调和内心阴暗且相悖的倾向。
在养育孩子这件事上，我们无法选择原料，只能
相对去除一些废料。

诚然，将一生都奉献给一个孩子的想法并不过分；然而，孩子降生时，我们正值壮年，在为生计奔波劳碌。年轻的我们心怀种种忧虑、抱负和理想，孩子是我们最不关心、最想摆脱，甚至是交到陌生人手中的对象。这有什么错呢？谁敢说这么做不对？为了全心栽培他优秀的儿子，布莱兹·帕斯卡尔的父亲不惜放弃了一切。然而，他被这个非凡的天才冲昏了头脑，每日忙于安排儿子的学习计划，从希腊文、拉丁文到数学和哲学，却忽视了支撑这个天才头脑的孱弱身体。我们从佩里耶夫人[1]那儿了解到，这样的生活给帕斯卡尔的健康造成了可怕的影响，他的身体受到了不可逆的损伤。

事实上，无论是女孩还是男孩，我们灌输的各种教条都不可能给他们留下什么深刻的印象。重要的并不是我们时不时郑重其事地告诉了他们

1　吉尔贝特·佩里耶（Gilberte Périer，1620—1687），帕斯卡尔的姐姐，曾出版他的传记。——编者注

什么，而是我们做了什么。我们对孩子的教育在于日常点滴。他们如同家中的记录仪，把我们的一举一动记录在案。他们从我们整个生活中记录下来的内容，才是对他们产生最深远影响的部分。与榜样的力量相比，我们对制度和规划寄予的期望只会收效甚微。

*

鉴于大多数父母都不是圣人，英国人的选择变得十分容易理解：他们尽可能将自己的生活与孩子划清界限，以便躲避这些让人心烦的见证者。这些见证者并不是被动观察，而是会主动适应，并从我们身上取走一切适合他们的东西。

的确，对我们大多数人而言，讨论英国制度的利弊毫无意义，因为想要实施这种制度，就需要宽敞的住所、家庭教师和一大群仆人，而这些人的影响或许比父母更深远。例如，邦雅曼·贡斯当[1]跟着家庭教师染上了毒瘾，终身受害。但是，如果像在我们家那样，父母和孩子的生活混杂在一起，也非常危险。他们会趁我们不备，观察、评判我们；他们了解我们的脾气，时不时还会目睹一些露骨的场景。这些小家伙本已背负了如此多的遗传特征，又在某种程度上"充实自己"，对我们的言行举止几乎了如指掌。

我们可以对各种各样的教育制度评头论足，但实际上，大多数父母都选择回避这个问题。孩子终会成为他们能成为的人。最重要的是，他们得身体健康，这才是第一要务："你浑身是汗，先别喝水……我感觉你有点发烧，给你量一下体温……"我们都有过这样的童年记忆——一只手坚持要放在我们额头上；饭点一到，或是我们空着肚子时，就会有两根手指伸进衣领里，要求我们大口吃饭。父母总想给我们补充营养，而且新的营养品层出不穷，至少在几个月里，新的产品

1　邦雅曼·贡斯当（Benjamin Constant，1767—1830），法国小说家、思想家、政治家，曾任法国自由派领袖。

会比之前的都更有营养！

孩子首先要拥有一个健康的身体，其次是要受到良好的教育："站直——你驼背了……别舔盘子……你不会用刀吗？……别这样躺着……手放桌上！手……不是胳膊肘……你都这么大了，还不会削水果皮吗？跟你说话的时候，别摆出一副蠢样……"是的，要让他们有教养一点！我们赋予"有教养"一词的含义表明，我们已经把教养贬低到了何种程度。孩子的外在表现，给外人的印象才是最重要的。只要他们不对外暴露出不为人所接受的一面，我们便认为万事大吉。

*

名副其实的教育家又有多少呢？在这些真正的教育家看来，巴雷斯[1]主张的灵魂教育才至关重要。在他们眼里，那些被托付给自己的年轻人的

1　莫里斯·巴雷斯（Maurice Barrès，1862—1923），法国小说家、哲学家、政治家。——编者注

外在形象并不是唯一重要的，内在性情同样不容忽视，哪怕命运中的内在性情，唯有良心和上帝能洞悉。

而且，在这个问题上，男孩和女孩并无差别。无论孩子承载了多少遗传特征，无论他们与生俱来的激情有多汹涌，只要我们能够依循时令，成功地加以引导，让他们明白在这个世界上只有一件事是最重要的，也就是自我完善——内在的完善，那么我们就已经尽力了。我们要让年轻的灵魂明白，唯一重要的事就是好好活着，不仅是活给别人看，也是活给自己看，从内心凝视我们行为的背后，洞察自己最隐秘的想法。

如若一个女孩能带着拉辛[1]笔下的女主人公那种所谓的光荣感，去理智地进入生活，那她就能得到救赎。这种对完美的追求，无论是伴随着她

---

1 让·拉辛（Jean Racine，1639—1699），十七世纪法国三大剧作家之一，与高乃依和莫里哀齐名。——编者注

步入婚姻与家庭，还是伴随着她直面孤独和生活中的种种困难，都能让她得到救赎。顺便补充一点，这种完善本身既不是终点，也不是目的，而是一条通往真理的道路。因为不是真理让我们变得更好，而是我们必须先变得更好，才有资格窥见真理。

SPRING 野
更具体地生长

主　　编｜苏　骏
策划编辑｜苏　骏
特约编辑｜苏　骏　赵　晴

营销总监｜张　延
营销编辑｜狄洋意　许芸茹　韩彤彤

版权联络｜rights@chihpub.com.cn
品牌合作｜zy@chihpub.com.cn

野望 SPRING MOUNTAIN

出品方　春山望野（北京）
文化传媒有限公司

Room 216, 2nd Floor, Building 1, Yard 31,
Guangqu Road, Chaoyang, Beijing, China